GEORGES SIMENON

L'impiccato di Saint-Pholien

TRADUZIONE DI GABRIELLA LUZZANI

ADELPHI EDIZIONI

TITOLO ORIGINALE:
Le pendu de Saint-Pholien

Le inchieste del commissario Maigret
escono a cura di Ena Marchi e Giorgio Pinotti

Prima edizione: ottobre 1993
Ottava edizione: febbraio 2003

WWW.ADELPHI.IT

ISBN 88-459-1015-6

INDICE

L'IMPICCATO DI SAINT-PHOLIEN

1
IL DELITTO DEL COMMISSARIO MAIGRET

Nessuno si accorse di quello che succedeva. Nessuno sospettò che nella sala d'attesa della stazioncina ferroviaria, dove tra l'odore di caffè, birra e limonata solo sei passeggeri aspettavano il treno con aria abbattuta, si stesse svolgendo un dramma.

Erano le cinque del pomeriggio e calava la notte. Le lampade erano state accese ma, attraverso i vetri, si potevano ancora distinguere nel grigiore del marciapiede i funzionari, tedeschi e olandesi, della dogana e delle ferrovie, che battevano i piedi per riscaldarsi.

Perché la stazione di Neuschanz è situata all'estremo Nord dell'Olanda, alla frontiera tedesca.

Una stazione senza importanza. Neuschanz può a malapena dirsi un paese. Non vi transita nessuna linea importante. Ci sono treni soltanto al mattino e alla sera, per gli operai tedeschi che, attirati dagli alti salari, lavorano nelle fabbriche dei Paesi Bassi.

E ogni volta si ripete lo stesso cerimoniale. Il treno tedesco si ferma a un'estremità del binario, il treno olandese aspetta all'altra estremità.

Gli impiegati con il berretto arancione e quelli con

l'uniforme verdastra o blu di Prussia si ritrovano e trascorrono insieme la pausa prevista per le formalità doganali.

Dal momento che i viaggiatori sono soltanto una ventina per convoglio, e poiché si tratta di passeggeri abituali che chiamano i doganieri familiarmente per nome, le formalità si concludono presto.

E la gente va a sedersi al buffet, che ha le caratteristiche di tutti i buffet di frontiera. I prezzi sono indicati in centesimi e in *Pfennig*. Una vetrina espone cioccolato olandese e sigarette tedesche. Si servono grappa di ginepro e *Schnaps*.

Quella sera il tempo era afoso. Una donna sonnecchiava alla cassa. Dalla macchina del caffè si sprigionava un getto di vapore. La porta della cucina era aperta e si udivano i sibili di una radio attorno alla quale armeggiava un ragazzino.

L'atmosfera era familiare, eppure bastavano pochi particolari per conferirle una nota ambigua di avventura e di mistero.

Le uniformi dei due paesi, per esempio! E quella mescolanza di manifesti che reclamizzavano gli sport invernali in Germania e la Fiera commerciale di Utrecht...

In un angolo, la sagoma di un uomo sulla trentina, con gli abiti logori, il viso smunto, mal rasato, e un cappello floscio, di un grigio indefinibile, che aveva forse girato tutta l'Europa.

Era arrivato con il treno olandese. Aveva mostrato un biglietto per Brema e l'impiegato gli aveva spiegato in tedesco che aveva scelto la linea meno diretta, sulla quale non esistono rapidi.

L'uomo aveva fatto segno di non capire. Aveva ordinato un caffè, in francese, e tutti l'avevano osservato con curiosità.

Aveva gli occhi febbricitanti, troppo infossati nelle orbite. Fumava tenendo la sigaretta incollata al labbro inferiore, e bastava questo piccolo particolare a esprimere stanchezza o sdegnosa noncuranza.

Ai suoi piedi, una valigetta di fibra, di quelle che si vendono in tutti i grandi magazzini – nuova.

Dopo che lo ebbero servito, tirò fuori di tasca una manciata di spiccioli fra i quali c'erano pezzi francesi, belgi, nonché delle monetine olandesi d'argento.

La cameriera dovette scegliersi da sola i pezzi che le occorrevano.

Passava più inosservato un viaggiatore che si era seduto al tavolo vicino, alto e massiccio, largo di spalle. Portava un pesante cappotto nero con il bavero di velluto e aveva il nodo della cravatta montato su un supporto di celluloide.

Il primo, tutto teso, non smetteva di guardare, attraverso la porta a vetri, i funzionari doganali, come se temesse di perdere il treno.

Il secondo osservava il primo con una sorta di implacabile calma, tirando boccate dalla pipa.

Il viaggiatore agitato abbandonò il tavolo per un paio di minuti, il tempo di andare alla toilette. Allora, senza neppure chinarsi, con un semplice movimento del piede, l'altro attirò a sé la valigetta e al suo posto ne spinse una identica.

Una mezz'ora più tardi, il treno partiva. I due uomini presero posto nel medesimo scompartimento di terza classe, ma non si rivolsero la parola.

A Leer il treno si svuotò, e proseguì il viaggio solo per quei due passeggeri.

Erano le dieci di sera quando il convoglio fece il suo ingresso sotto la monumentale vetrata della stazione di Brema, dove le lampade ad arco illividivano tutti i volti.

Il primo viaggiatore non doveva sapere una parola di tedesco, perché sbagliò più volte direzione, si infilò nel ristorante di prima classe e solo dopo molti andirivieni approdò al buffet di terza classe, dove però non si sedette.

Indicò col dito dei panini imbottiti di würstel, spiegò a gesti che intendeva portarli via e di nuovo pagò tendendo una manciata di spiccioli.

Per una buona mezz'ora vagabondò per le ampie strade intorno alla stazione, con la valigetta in mano e l'aria di cercare qualcosa.

E l'uomo con il bavero di velluto, che lo seguiva senza impazienza, quando finalmente vide il suo compagno allungare il passo verso un quartiere più povero che si apriva sulla sinistra, capì.

Quelle ricerche miravano semplicemente a trovare un albergo economico. Il giovanotto, la cui andatura si faceva stanca, ne esaminò parecchi con diffidenza prima di scegliere un esercizio di infimo ordine la cui porta d'ingresso era sormontata da una grossa boccia bianca di vetro smerigliato.

Teneva sempre la valigia con una mano, e con l'altra i panini con i würstel avvolti nella carta velina.

La strada era animata. Cominciava a calare la nebbia, che smorzava le luci delle vetrine.

L'uomo con il cappotto pesante ebbe qualche difficoltà a farsi assegnare la camera attigua a quella del primo viaggiatore.

Una camera povera, uguale a tutte le camere povere di questo mondo, con la sola differenza, forse, che in nessun luogo la povertà è lugubre come nella Germania settentrionale.

Ma tra le due stanze c'era una porta di comunicazione, e la porta di comunicazione aveva una serratura.

Così l'uomo poté assistere all'apertura della valigia, che conteneva solo vecchi giornali.

Vide il viaggiatore diventare livido da far pena, girarsi e rigirarsi la valigia fra le mani tremanti e sparpagliare i giornali per tutta la camera.

I panini si trovavano sul tavolo, ancora incartati, ma il giovanotto, che non mangiava dalle quattro del pomeriggio, non li degnò di uno sguardo.

Si precipitò verso la stazione, girando a vuoto, chiedendo dieci volte la strada, ripetendo: «*Bahnhof!...*»

con un accento che storpiava talmente la parola che i suoi interlocutori stentavano ad afferrarla.

Era così nervoso che per farsi capire meglio imitava il rumore del treno!

Arrivò alla stazione. Vagò per l'atrio immenso, scorse da qualche parte un mucchio di bagagli e si avvicinò come un ladro per assicurarsi che la sua valigia non fosse lì in mezzo.

E ogni volta che qualcuno passava con una valigia dello stesso tipo trasaliva.

L'uomo continuava a seguirlo, senza togliergli di dosso il suo sguardo pesante.

Solo a mezzanotte rientrarono in albergo, uno dietro l'altro.

La serratura inquadrò il giovanotto accasciato su una sedia con la testa fra le mani. Quando si alzò, fece schioccare le dita con un gesto insieme rabbioso e fatalista.

E fu la fine: estrasse di tasca una rivoltella, spalancò la bocca e premette il grilletto.

Un attimo dopo nella stanza c'erano dieci persone, fra le quali il commissario Maigret, che non si era tolto il cappotto con il bavero di velluto e che tentava di impedire l'accesso agli estranei. Si sentivano ripetere le parole *Polizei* e *Mörder*, che significa assassino.

Da morto il giovanotto faceva ancora più pena che da vivo. Si vedevano le suole bucate delle scarpe, e nella caduta una gamba del pantalone si era alzata, scoprendo uno stravagante calzino rosso e uno stinco livido e villoso.

Arrivò un agente, pronunciò qualche parola con voce imperiosa e tutti si ammassarono sul pianerottolo, salvo Maigret che esibì il distintivo di commissario della Polizia giudiziaria di Parigi.

L'agente non parlava francese. Maigret masticava solo qualche parola di tedesco.

Dopo appena dieci minuti un'automobile si fermava davanti all'albergo e alcuni funzionari in borghese facevano irruzione.

Sul pianerottolo, adesso, la parola *Franzose* aveva sostituito la parola *Polizei* e il commissario veniva guardato con curiosità. Ma bastò qualche ordine per placare l'agitazione e far cessare il brusio istantaneamente, come si interrompe la corrente elettrica.

I clienti dell'albergo rientrarono nelle loro stanze. In strada un crocchio di gente silenziosa si tenne a rispettosa distanza.

Il commissario Maigret continuava a stringere la pipa tra i denti, ma la pipa si era spenta. E il suo viso carnoso, come modellato in una creta compatta a vigorosi colpi di pollice, aveva un'espressione a metà fra la paura e lo sgomento.

«Le chiederei il permesso di condurre la mia inchiesta intanto che lei farà la sua» disse. «Una cosa è certa, quest'uomo si è suicidato. Si tratta di un francese...».

«Lo stava pedinando?...».

«Sarebbe troppo lungo spiegarle... Vorrei che la vostra sezione scientifica gli facesse delle fotografie il più possibile nitide, da ogni angolazione...».

Nella stanza, dove ormai erano solo in tre a circolare, all'agitazione era subentrato il silenzio.

Uno dei tre, giovane e roseo, con la testa rasata, portava una giacca e un paio di pantaloni a righe, e di tanto in tanto si asciugava le lenti degli occhiali dalle stanghette d'oro. Aveva un titolo che suonava all'incirca «dottore in polizia scientifica».

L'altro, anch'egli roseo ma in tenuta meno solenne, frugava dappertutto e si sforzava di esprimersi in francese.

Non venne trovato niente, fuorché un passaporto a nome di Louis Jeunet, nato a Aubervilliers, operaio meccanico.

Quanto alla rivoltella, recava il marchio della fabbrica d'armi di Herstal, in Belgio.

Quella notte, alla Polizia giudiziaria in quai des Orfèvres, nessuno si immaginava un Maigret silenzioso, come schiacciato dalla fatalità, che assisteva alle operazioni dei suoi colleghi tedeschi tirandosi da parte per far posto ai fotografi, ai medici legali, e attendeva con aria ostinata e la pipa sempre spenta il misero bottino che gli fu consegnato verso le tre: i vestiti del morto, il suo passaporto e una dozzina di fotografie che il lampo al magnesio aveva reso ancora più allucinanti.

Il commissario non era lungi dal ritenere di aver ucciso un uomo, anzi ci andava molto vicino.

E quell'uomo, nemmeno lo conosceva! Di lui non sapeva niente! Non c'erano prove che avesse qualche conto in sospeso con la giustizia!

Tutto era cominciato il giorno prima a Bruxelles, nel modo più inaspettato. Maigret si trovava lì in missione. Aveva preso contatto con la polizia belga in merito a certi rifugiati italiani che erano stati espulsi dalla Francia e le cui attività destavano preoccupazione.

Un viaggio che assomigliava a una gita di piacere! I colloqui erano stati più brevi del previsto. Al commissario rimaneva qualche ora libera.

Ed era entrato, per semplice curiosità, in un piccolo caffè della Montagne aux Herbes Potagères.

Erano le dieci del mattino. Il caffè era pressoché deserto. Mentre il padrone dai modi gioviali discorreva con lui del più e del meno, Maigret aveva notato un cliente seduto proprio in fondo al locale, nella penombra, intento a un'occupazione singolare.

L'uomo era un poveraccio. Aveva tutte le caratteristiche del «disoccupato di professione», come se ne incontrano in tutte le capitali, sempre in cerca di un colpo di fortuna.

Ebbene, quell'uomo tirava fuori da una tasca delle banconote da mille franchi, le contava, le avvolgeva in un foglio di carta grigia, legava il pacchetto e ci scriveva sopra un indirizzo.

Trenta biglietti da mille, come minimo! Trentamila franchi belgi! Maigret aveva aggrottato le sopracciglia e, quando lo sconosciuto, dopo aver pagato il suo caffè, si era allontanato, lo aveva seguito fino al più vicino ufficio postale.

Là, era riuscito a leggere sopra la spalla dell'uomo l'indirizzo vergato con una scrittura che rivelava una persona tutt'altro che incolta:

Signor Louis Jeunet
18, rue de la Roquette, Parigi

Ma ciò che più l'aveva colpito era l'indicazione «Stampe».

Trentamila franchi viaggiavano come semplice carta da giornale, come banali opuscoli pubblicitari! Perché il pacchetto non fu neanche spedito per raccomandata! Un impiegato lo pesò e annunciò:

«Settanta centesimi...».

L'uomo pagò e uscì. Maigret aveva annotato nome e indirizzo. Aveva continuato a seguirlo e, per un attimo, si era divertito all'idea di fare un regalo alla polizia belga. Di lì a poco sarebbe andato a trovare il capo della Pubblica sicurezza di Bruxelles e gli avrebbe detto con noncuranza:

«A proposito, mentre bevevo un bicchiere di Gueuse-Lambic, ho messo le mani su un malvivente... Non le resta che acciuffarlo nel tal posto...».

Maigret era allegrissimo. Brillava sulla città un dolce sole autunnale e nell'aria passavano folate di calore.

Alle undici lo sconosciuto comprava per trentadue franchi una valigia di finto cuoio – anzi di finta fibra! – in un negozio di rue Neuve. E Maigret, per gioco, ne acquistò una uguale, rinunciando a fare ipotesi sul seguito dell'avventura.

Alle undici e mezzo, l'uomo entrava in un albergo di una viuzza di cui il commissario non riuscì a vedere il nome. Ne uscì poco dopo e prese il treno per Amsterdam alla Gare du Nord.

Stavolta il poliziotto esitò. Fu forse l'impressione di aver già visto quella faccia da qualche parte a influenzare la sua decisione?

«Si tratta probabilmente di un caso di poco conto!... Ma se invece fosse importante?...».

Non c'era nulla che lo richiamasse urgentemente a Parigi. Alla frontiera olandese fu colpito dal fatto che l'uomo, con una destrezza che rivelava l'abitudine a quel genere di esercizi, issava la valigia sul tetto del vagone prima di arrivare al posto di dogana.

«Dovrà pur fermarsi da qualche parte! Allora si vedrà...».

Solo che l'uomo non si fermò ad Amsterdam, dove si limitò a prendere un biglietto di terza classe per Brema. E via allora per la pianura olandese, con i suoi canali solcati da barche a vela che sembravano navigare in piena campagna!

Neuschanz... Brema...

Ad ogni buon conto, Maigret aveva scambiato le valigie. Per ore aveva cercato invano di incasellare quell'individuo in una delle categorie note alla polizia.

«È troppo nervoso per essere un vero bandito internazionale! Semmai è soltanto una comparsa che farà acciuffare i suoi capi!... Un cospiratore?... Un anarchico?... Parla solo francese e in Francia non esistono praticamente cospiratori, e neppure anarchici militanti!... Un piccolo truffatore solitario?...».

Un truffatore sarebbe vissuto così poveramente dopo aver spedito trenta banconote da mille franchi in un semplice foglio di carta grigia?

L'uomo non beveva alcolici, limitandosi, nelle stazioni dove l'attesa si prolungava, a trangugiare caffè, e talvolta un panino o una brioche.

Non conosceva la linea, poiché seguitava a chiedere informazioni e si preoccupava, persino esageratamente, di sapere se andava nella direzione giusta.

Non era robusto. Le sue mani recavano però le

stimmate del lavoro manuale. Le unghie erano nere, troppo lunghe, il che lasciava supporre che non lavorasse da un po' di tempo.

Il colorito rivelava l'anemia, se non la miseria.

E a poco a poco Maigret aveva dimenticato lo scherzo che voleva fare alla polizia belga portandole, come se niente fosse, un malvivente legato mani e piedi.

Il problema lo appassionava. Cercava qualche scusante al proprio comportamento:

«Amsterdam non è poi tanto lontana da Parigi!...».

E poi:

«Bah! Da Brema, col rapido, sarò di ritorno in tredici ore...».

L'uomo era morto. Addosso non aveva niente di compromettente, nessun oggetto che rivelasse di che genere fosse la sua attività, se non una banale rivoltella che recava il marchio più diffuso in Europa.

A quel che sembrava, si era ammazzato solo perché gli era stata rubata la valigia! Altrimenti perché avrebbe acquistato al buffet della stazione dei panini che non aveva mangiato?

E perché quella giornata di viaggio da Bruxelles, dove avrebbe potuto farsi saltare le cervella esattamente come aveva fatto in un albergo tedesco?

Restava la valigia: forse avrebbe fornito la chiave del rebus. E fu per questo che, quando ebbero portato via il cadavere, nudo e avvolto in un lenzuolo, e dopo averlo esaminato, fotografato, studiato dalla pianta dei piedi alla cima dei capelli lo ebbero caricato su un furgone, il commissario si chiuse in camera sua.

Maigret aveva la faccia tirata. Se caricò la pipa, con qualche colpetto di pollice, com'era sua abitudine, fu unicamente per cercare di convincersi della propria calma.

Aveva sempre davanti agli occhi il viso patito del morto. Rivedeva l'uomo che schioccava le dita e, subito dopo, spalancava la bocca per spararvi un colpo di pistola.

La sensazione di disagio, quasi di rimorso, che provava era tale che toccò la valigia di fibra solo dopo una penosa esitazione.

Eppure dentro quella valigia doveva esserci la sua giustificazione! Non ci avrebbe forse trovato la prova che l'uomo per il quale aveva la debolezza di provare pietà era un truffatore, un pericoloso malvivente, forse un assassino?

Le chiavi erano ancora appese, come nel negozio di rue Neuve, a una cordicella annodata alla maniglia. Maigret sollevò il coperchio e ne tolse dapprima un completo grigio scuro, meno consunto di quello del morto.

Sotto il completo c'erano, appallottolate, due camicie sporche con il colletto e i polsini lisi.

... Un colletto staccabile a righe rosa, che era stato portato per almeno quindici giorni, poiché là dove era venuto a contatto con il collo del suo proprietario era tutto nero... Tutto nero e sfilacciato...

Nient'altro! La valigia mostrava il fondo di carta verde e le due cinghie che non erano state usate, con fibbie e anelli nuovi.

Maigret scosse gli indumenti, frugò nelle tasche. Erano vuote!

Con la gola stretta da un'angoscia indefinibile si ostinò nella volontà, nel bisogno di trovare qualcosa.

Un uomo non si era forse ucciso perché qualcuno gli aveva rubato quella valigia?... E dentro c'erano solo un vestito vecchio e un po' di biancheria sporca!...

Non un pezzo di carta! Niente che rammentasse un documento! Nemmeno un indizio che consentisse di fare congetture sul passato del morto!

La camera era stata tappezzata di fresco con una carta di poco prezzo i cui colori crudi disegnavano fiori aggressivi. In compenso, i mobili erano frusti, zoppi, scardinati, e sul tavolo c'era un tappeto di tela indiana che non si poteva toccare senza ribrezzo.

La strada era deserta. Tutti i negozi erano chiusi. Ma all'incrocio, a cento metri di distanza, un incessante corteo di automobili sfilava in un frastuono rassicurante.

Maigret guardò la porta di comunicazione, la serratura verso la quale non osò più chinarsi. Si ricordò che gli esperti, previdenti, avevano disegnato sul pavimento della camera attigua i contorni del cadavere.

Vi si recò in punta di piedi, per non svegliare gli altri clienti, forse anche perché avvertiva tutto il peso di quel mistero, e tenendo in mano il completo che aveva trovato nella valigia, ancora malamente piegato.

La sagoma tracciata per terra era confusa, ma matematicamente esatta.

Quando cercò di applicarvi sopra la giacca, i pantaloni e il panciotto, un lampo passò negli occhi di Maigret, che meccanicamente strinse fra i denti il cannello della pipa.

Quegli indumenti erano di almeno tre taglie più grandi. Non appartenevano al morto.

Ciò che il vagabondo custodiva tanto gelosamente nella propria valigia, ciò a cui attribuiva tanto valore da uccidersi per averlo perduto, era il vestito di un altro!

2
IL SIGNOR VAN DAMME

I giornali di Brema si limitarono ad annunciare in poche righe che un francese, tale Louis Jeunet, meccanico, si era suicidato in un albergo cittadino e che il movente del suo gesto sembrava essere la miseria.

Ma già l'indomani mattina, all'ora in cui venivano pubblicate quelle righe, l'informazione non era più esatta. Sfogliando il passaporto, infatti, Maigret era stato colpito da un dettaglio singolare.

Alla pagina sei, riservata ai dati segnaletici, dove figurano incolonnate le indicazioni relative a età, statura, capelli, fronte, sopracciglia, eccetera, la voce «fronte» precedeva la voce «capelli» invece di seguirla.

Giusto sei mesi prima la polizia parigina aveva scoperto a Saint-Ouen una vera e propria fabbrica di passaporti, libretti militari, permessi di soggiorno e altri documenti falsi e aveva messo le mani su un certo numero di quei documenti. Ma i falsari stessi avevano confessato che da diversi anni circolavano centinaia di esemplari usciti dai loro torchi, e che, in mancanza di registri contabili, non erano in grado di fornire l'elenco dei clienti.

Il passaporto costituiva la prova che Louis Jeunet

era uno di questi e che, di conseguenza, non si chiamava affatto Louis Jeunet.

Pertanto, l'unico dato quasi sicuro dell'inchiesta veniva meno. L'uomo che si era ucciso quella notte era ormai un semplice sconosciuto!

Erano le nove quando il commissario, al quale le autorità avevano dato tutte le autorizzazioni necessarie, arrivò all'obitorio dove, dal momento dell'apertura delle porte, il pubblico sarebbe stato ammesso a circolare.

Cercò invano un angolo buio per mettersi di guardia, senza per la verità farsi eccessive illusioni. L'obitorio era moderno, come la maggior parte della città e come tutti gli edifici pubblici.

Ed era ancora più lugubre dell'antico obitorio del quai de l'Horloge, a Parigi. Più lugubre proprio per via della nettezza dei piani e delle linee, del biancore uniforme delle pareti che riflettevano una luce cruda, degli apparecchi frigoriferi lustri come in una centrale elettrica.

Tutto faceva pensare a una fabbrica modello, una fabbrica la cui materia prima fossero i corpi umani!

Il falso Louis Jeunet era là, meno sfigurato di quanto ci si sarebbe potuti aspettare, poiché degli specialisti ne avevano in qualche modo ricostituito il viso.

C'erano anche una giovane donna e un annegato ripescato nel porto.

Il guardiano, raggiante di salute, e strizzato in un'uniforme senza un granello di polvere, aveva l'aria di un guardiano di museo.

In un'ora, contro ogni aspettativa, sfilarono una trentina di persone. E poiché una donna chiedeva di vedere una salma che non era esposta nella sala, si udirono dei campanelli elettrici e dei numeri gridati al telefono.

In un locale del primo piano, uno degli scomparti di un vasto armadio che occupava tutta una parete scivolò fuori, si posò su un montacarichi e, qualche istante più tardi, una cassa di acciaio emergeva al pianoterra nello stesso modo in cui, in certe biblioteche, i libri arrivano in sala di lettura.

Era il corpo richiesto! La donna si chinò, scoppiò in singhiozzi e fu accompagnata a una scrivania in fondo, dove un giovane segretario prese nota della sua dichiarazione.

Poca gente si interessava a Louis Jeunet. Tuttavia, verso le dieci, un uomo vestito con ricercatezza, che era sceso da un'auto privata, entrò nella sala, cercò con gli occhi il suicida e l'esaminò attentamente.

Maigret si trovava a pochi passi. Si avvicinò, per osservare meglio il visitatore, ed ebbe l'impressione che non avesse niente del tedesco.

D'altronde, non appena vide muoversi il commissario, l'uomo trasalì, manifestò un certo imbarazzo e dovette pensare di Maigret esattamente ciò che questi aveva pensato di lui.

«Lei è francese?» domandò il primo.

«Sì. Anche lei?».

«Veramente sono belga... Ma vivo a Brema da qualche anno...».

«E conosceva un certo Jeunet?...».

«No!... Io... ho letto stamattina sul giornale che un francese si era suicidato a Brema... Ho vissuto a Parigi per molto tempo... Mi è venuta la curiosità di dargli un'occhiata...».

Maigret, come sempre in momenti del genere, era di una calma granitica. Il suo viso assumeva anzi un'espressione così ostinata, così poco perspicace, da avere qualcosa di bovino.

«Lei è della polizia?...».

«Sì, della Polizia giudiziaria...».

«Ed è venuto apposta?... Ma che dico?... Non è possibile, dato che il suicidio ha avuto luogo questa notte!... Conosce qualche compatriota, a Brema?... No?... In questo caso, se posso esserle utile in qualcosa... Lo gradirebbe un aperitivo?...».

Poco dopo Maigret lo seguiva e prendeva posto nell'automobile che il suo accompagnatore guidava personalmente.

Costui parlava a ruota libera. Era il classico tipo dell'uomo d'affari gioviale e affaccendato. Pareva conoscere tutti, salutava passanti, indicava edifici, spiegava:

«Lì sta il Norddeutscher Lloyd... Ha sentito parlare del nuovo piroscafo che hanno varato?... Sono miei clienti...».

Mostrò un palazzo moderno le cui finestre portavano tutte insegne differenti.

«Al quarto piano, sulla sinistra, può vedere il mio ufficio...».

Sui vetri, in lettere di porcellana, si leggeva: «Joseph Van Damme, rappresentanze, importazioni, esportazioni».

«Ci crederebbe che a volte mi capita di restare un mese senza avere l'occasione di parlare francese? I miei dipendenti e persino la mia segretaria sono tedeschi... Lo esigono gli affari...».

Sarebbe stato difficile leggere un qualsiasi pensiero sul viso di Maigret, che dava l'impressione di essere tutto fuorché intelligente. Il commissario approvava e ammirava quello che gli veniva chiesto di ammirare, compresa l'auto di cui Van Damme gli vantava le sospensioni brevettate.

Entrò insieme a lui in una grande birreria rigurgitante di uomini d'affari che parlavano a voce alta in mezzo alla musica di un'instancabile orchestra viennese e tra il cozzare dei boccali di birra.

«Lei non immagina il giro di milioni che questa clientela rappresenta!...» si estasiava Van Damme. «Guardi!... Lei non capisce il tedesco?... Il nostro vicino sta vendendo un carico di lana che in questo momento naviga fra l'Australia e l'Europa... Ha trenta o quaranta navi in mare... Potrei mostrargliene altri... Che cosa beve?... Le raccomando la Pilsen...

«A proposito...».

Maigret non sorrise nemmeno del brusco cambiamento di discorso.

«A proposito, che cosa pensa di questo suicidio?... Che si tratti di un poveraccio, come sostengono i giornali di qui?...».

«È possibile...».

«Lei sta conducendo un'indagine?...».

«No! Il caso è di competenza della polizia tedesca... E poiché è assodato che si tratta di suicidio...».

«È chiaro!... Vede, il fatto mi colpisce unicamente perché si tratta di un francese... Ne vengono così pochi al Nord!...».

Si alzò per andare a stringere la mano a un uomo che stava uscendo, poi tornò, con l'aria indaffarata.

«Lei mi scuserà!... Il direttore di una grossa compagnia di assicurazioni... Vale un centinaio di milioni... Ma senta, commissario... È quasi mezzogiorno... Vorrà accettare di pranzare con me...

«Posso invitarla solo al ristorante, perché sono scapolo... Non mangerà come a Parigi... Però farò in modo che non pranzi troppo male...

«Siamo d'accordo, vero?».

Chiamò il cameriere, pagò. E per estrarre il portafoglio dalla tasca fece un gesto che spesso Maigret aveva visto compiere agli uomini d'affari del suo genere che prendono l'aperitivo nei dintorni della Borsa, un gesto inimitabile, un modo tutto particolare di rovesciarsi all'indietro gonfiando il petto, facendo rientrare il mento, e di aprire con soddisfatta noncuranza quell'oggetto sacro, quell'astuccio di cuoio imbottito di banconote.

«Andiamo!...».

Van Damme mollò il commissario solo verso le cinque, dopo averlo trascinato nel proprio ufficio dove c'erano tre impiegati e una dattilografa.

E inoltre aveva fatto promettere a Maigret che, se

non fosse ripartito da Brema quel giorno stesso, avrebbero trascorso insieme la serata in un famoso cabaret.

Il poliziotto si ritrovò in mezzo alla folla, solo in compagnia di pensieri che era ben lungi dal riuscire a mettere a fuoco. Ma si trattava poi di veri e propri pensieri?

Maigret accostava mentalmente due sagome, due uomini, e cercava di individuare un rapporto fra di loro.

Perché un rapporto c'era! Van Damme non si era certo scomodato ad andare all'obitorio per chinarsi sul cadavere di uno sconosciuto. E non era stato per il puro piacere di parlare francese che aveva invitato a pranzo Maigret.

D'altronde, aveva assunto la sua vera personalità solo a mano a mano che il commissario gli appariva più indifferente al caso – e forse più stupido!

La mattina era preoccupato. Il suo sorriso mancava di spontaneità.

Quando il poliziotto l'aveva lasciato, invece, era in tutto e per tutto il piccolo affarista che va, viene, si agita, parla, si esalta, frequenta i grossi personaggi della finanza, guida personalmente la macchina, telefona, lancia ordini alla dattilografa e offre pranzi raffinati, contento e orgoglioso di essere quello che è.

Dall'altra parte, un vagabondo anemico, con i vestiti logori e le suole bucate, che aveva comprato dei panini imbottiti di würstel senza prevedere che non li avrebbe mangiati!

Van Damme avrebbe certamente trovato un altro compagno per l'aperitivo della sera, in un'identica atmosfera di musica viennese e di birra.

Alle sei, un cassetto di metallo si sarebbe mosso scivolando senza rumore, si sarebbe richiuso sul corpo nudo del falso Jeunet e il montacarichi l'avrebbe avviato verso il frigorifero nel quale avrebbe occupato fino all'indomani uno scomparto numerato.

Maigret si dirigeva verso il Polizeipräsidium. Alcuni agenti, a torso nudo malgrado la stagione, facevano ginnastica in un cortile circondato da muri di un rosso violento.

Al laboratorio, un giovanotto dallo sguardo pensoso lo aspettava accanto a un tavolo sul quale erano disposti, ciascuno con la propria etichetta, tutti gli oggetti appartenuti al morto.

Parlava un francese corretto, diligente, cercando puntigliosamente la parola giusta.

Cominciò dal completo grigio che Jeunet indossava al momento del suicidio, spiegò che ne erano state scucite le fodere ed esaminate tutte le cuciture senza che si scoprisse niente.

«Il vestito proviene dalla Belle-Jardinière di Parigi. Il tessuto è composto per il cinquanta per cento di cotone. Si tratta quindi di un indumento di poco prezzo. Sono state rilevate macchie di unto, fra cui alcune di grasso minerale, le quali sembrano indicare che l'uomo ha lavorato o si è trovato frequentemente in una fabbrica, in un'officina o in un garage. Sulla biancheria non c'è marca. Le scarpe sono state acquistate a Reims. Vale l'osservazione fatta per il vestito: qualità dozzinale, fabbricazione in serie. I calzini, di cotone, sono di quelli che gli ambulanti vendono a quattro o cinque franchi il paio. Sono bucati, e nessuno li ha mai rammendati.

«Tutti gli indumenti sono stati chiusi in un sacco di carta, scossi, e la polvere raccolta è stata sottoposta ad analisi.

«Si è così avuta la conferma della provenienza delle macchie di unto. Il tessuto è infatti impregnato di una fine polvere metallica che si trova solo sugli effetti personali dei montatori, dei tornitori e in generale di coloro che lavorano nelle officine meccaniche.

«Questi indizi sono assenti dagli indumenti che chiamerò "indumenti B" e che non sono stati indossati da parecchi anni, come minimo sei.

«Altra differenza: nelle tasche del "completo A" sono stati trovati avanzi di tabacco del monopolio francese, quello che voi chiamate tabacco trinciato.

«Nelle tasche del "completo B", invece, è rimasta un po' di polvere di tabacco biondo, un'imitazione di quello egiziano.

«Ma arrivo al punto più importante. Le macchie rilevate sul "vestito B" non sono macchie di unto. Sono vecchie macchie di sangue umano, probabilmente sangue arterioso.

«Il tessuto non è stato lavato da anni. L'uomo che portava il vestito in questione deve essere stato letteralmente inondato di sangue. Infine, alcuni strappi farebbero supporre che ci sia stata colluttazione, perché in diversi punti, fra cui i risvolti, la trama è stata lacerata come se qualcuno vi avesse piantato le unghie.

«Questi "indumenti B" portano un'etichetta: quella di Roger Morcel, sarto, rue Haute-Sauvenière, a Liegi.

«Quanto alla rivoltella, è di un modello che non si fabbrica più da due anni.

«Se vuole lasciarmi il suo indirizzo, le manderò una copia del rapporto che devo stendere per i miei superiori».

Alle otto di sera Maigret aveva esaurito le formalità. La polizia tedesca gli aveva consegnato gli abiti del morto assieme a quelli contenuti nella valigia, che l'esperto chiamava «indumenti B». Ed era stato deciso che, fino a nuovo ordine, il cadavere sarebbe stato tenuto a disposizione delle autorità francesi nei frigoriferi dell'obitorio.

Maigret aveva preso copia della scheda di Joseph Van Damme, nato a Liegi da genitori fiamminghi, viaggiatore di commercio, poi direttore di una ditta di rappresentanze che portava il suo nome.

Trentadue anni, scapolo. Solo da tre anni si era stabilito a Brema dove, dopo un inizio difficile, pareva facesse buoni affari.

Il commissario rientrò nella sua camera d'albergo e vi rimase a lungo, seduto sulla sponda del letto, con le due valigie di fibra posate davanti a sé.

Aveva aperto la porta di comunicazione con la camera attigua, dove tutto era rimasto nello stato in cui si trovava il giorno prima. E fu colpito dal poco disordine che quell'evento drammatico aveva lasciato. Sulla parete, sotto un fiore rosa della tappezzeria, una piccolissima macchia bruna: l'unica macchia di sangue. Sul tavolo, i due panini con i würstel, ancora avvolti nella loro carta. Sopra vi si era posata una mosca.

La mattina Maigret aveva mandato alla Polizia giudiziaria, a Parigi, due fotografie del morto con la preghiera di farle pubblicare sul maggior numero possibile di giornali.

Era là che bisognava cercare? A Parigi, dove se non altro il poliziotto possedeva un indirizzo: quello al quale Jeunet si spediva, da Bruxelles, trenta banconote da mille franchi?

Bisognava cercare a Liegi, dove gli «indumenti B» erano stati acquistati qualche anno prima? A Reims, da dove provenivano le scarpe del morto?

A Bruxelles, dove Jeunet aveva confezionato il pacchetto con i trentamila franchi? A Brema, dove Jeunet era morto e dove un certo Joseph Van Damme era venuto a dare un'occhiata al suo cadavere, pur negando di conoscerlo?

Si presentò l'albergatore, fece un lungo discorso in tedesco e il commissario credette di capire che gli domandava se la camera in cui si era compiuta la tragedia poteva essere riordinata e lasciata libera.

Maigret emise un brontolio affermativo, si lavò le mani, pagò e se ne andò con le due valigie che, per la loro palese mediocrità, stonavano visibilmente con l'agiatezza della sua persona.

Non c'erano ragioni perché avviasse l'inchiesta da una parte piuttosto che dall'altra. E se si decise per Parigi fu soprattutto perché quell'atmosfera violentemente estranea, in assoluto contrasto con le sue abitudini e la sua mentalità, finiva per produrre su di lui un effetto deprimente.

Persino il tabacco, gialliccio e troppo leggero, gli toglieva la voglia di fumare.

Sul rapido dormì; si svegliò alla frontiera belga mentre spuntava il giorno, e una mezz'ora più tardi il treno costeggiava Liegi, su cui il commissario lasciò vagare uno sguardo abulico attraverso il finestrino.

La sosta prevista era di soli trenta minuti: Maigret quindi non aveva il tempo di recarsi in rue Haute-Sauvenière.

Alle due del pomeriggio arrivava alla Gare du Nord, si tuffava nella folla parigina, e il suo primo pensiero fu di fermarsi dal tabaccaio.

Dovette frugarsi un po' nelle tasche per trovare moneta francese. Qualcuno gli diede uno spintone. Le due valigie erano posate ai suoi piedi. Quando volle riprenderle ne trovò una sola: si guardò intorno inutilmente e si rese conto che non avrebbe avuto senso avvertire la polizia.

Del resto, un particolare lo tranquillizzò: la valigia che gli avevano lasciato portava una cordicella con due chiavi annodate alla maniglia. Era quella che conteneva gli indumenti.

Il ladro aveva rubato la valigia con i giornali vecchi.

Si trattava di un comune ladro, di quelli che si aggirano nelle stazioni? Non era strano, in tal caso, che avesse scelto un bagaglio di aspetto così misero?

Maigret prese posto in un taxi, assaporando la sua pipa non meno del brulichio familiare della strada. A un'edicola scorse una fotografia sulla prima pagina di un giornale, e riconobbe da lontano il ritratto di Louis Jeunet che aveva spedito da Brema.

Fu sul punto di passare da casa, in boulevard Richard-Lenoir, per cambiarsi e dare un bacio alla moglie, ma l'incidente della stazione lo preoccupava.

«Se davvero miravano agli "indumenti B", come potevano essere stati avvisati, a Parigi, che ero io a trasportarli e che sarei arrivato esattamente a quell'ora?».

Attorno alla figura magra e al viso smunto del vagabondo di Neuschanz e di Brema sembravano addensarsi molteplici misteri. Delle ombre si agitavano, come sulla lastra fotografica quando la si immerge nel rivelatore.

E bisognava precisarne i contorni, mettere a fuoco i visi, a ciascuno di essi attribuire un nome; bisognava ricostruire personalità, intere esistenze.

Per il momento, al centro della lastra c'era solo un cadavere privo di indumenti, una testa che i medici tedeschi avevano rimaneggiato per restituirle il suo aspetto normale e che si stagliava nettamente nella luce cruda.

E le ombre?... Prima di tutto un uomo che, a Parigi, in quel medesimo istante, se la svignava con la valigia... Un altro che, da Brema o da chissà dove, lo aveva informato... Forse il gioviale Joseph Van Damme?... Forse no... E poi il personaggio che anni prima aveva indossato il «completo B»... E quello che, nella colluttazione, l'aveva inondato col suo sangue...

E poi ancora colui che aveva procurato al falso Jeunet i trentamila franchi, o colui al quale quel denaro era stato rubato!...

C'era il sole e, nei caffè, un po' di gente sedeva all'aperto, scaldandosi con dei bracieri. Alcuni automobilisti si apostrofavano, e a grappoli la gente dava l'assalto ad autobus e tram.

Fra tutta quella folla in movimento, e tra la folla di Brema, di Bruxelles, di Reims e di altri luoghi ancora, bisognava acciuffare due, tre, quattro, cinque individui...

Forse di più?... Forse di meno?...

Maigret guardò con affetto l'austera facciata della Questura, attraversò il cortile con in mano la sua valigetta e salutò l'usciere chiamandolo per nome.

«Hai ricevuto il mio telegramma?... Hai acceso la stufa?...».

«C'è qui una donna, per la fotografia!... Sono già due ore che aspetta in parlatorio...».

Maigret non si prese neppure la briga di togliersi il cappotto e il cappello. Non posò neanche la valigia.

La sala d'attesa, in fondo al corridoio sul quale si aprono, uno dietro l'altro, gli uffici dei commissari, è una stanza a vetri, arredata con qualche sedia di velluto verde, e che sull'unica parete in muratura porta l'elenco dei poliziotti uccisi in servizio.

Su una delle sedie c'era una donna ancora giovane, vestita con quel decoro delle persone umili che rivela le lunghe ore passate a cucire sotto la lampada e i rappezzamenti di fortuna.

Su un cappotto di panno nero portava uno striminzito collo di pelliccia. Tra le mani guantate di filo grigio teneva una borsetta che, come la valigia di Maigret, era di finta pelle.

Il commissario fu colpito come da una vaga somiglianza tra la donna e il morto...

Non una somiglianza di lineamenti! Ma una somiglianza di espressione, di «classe», se così si può dire.

Anche la donna aveva gli occhi grigi e le palpebre stanche di coloro che il coraggio ha abbandonato. Naso affilato, colorito spento.

Aspettava da due ore e sicuramente non aveva osato cambiare di posto, e nemmeno muoversi. Attraverso i vetri guardò Maigret senza sperare che fosse finalmente lui la persona che doveva vedere.

Maigret aprì la porta.

«Se vuole seguirmi nel mio ufficio, signora...».

La donna sembrò stupita di vedersi cedere il passo e restò un attimo come smarrita in mezzo alla stanza. Assieme alla borsetta teneva in mano un giornale spiegazzato sul quale si intravedeva metà della fotografia.

«Mi dicono che lei conosce l'uomo che...».

Ma non aveva nemmeno finito di parlare che la donna si nascose il viso tra le mani, si morse le labbra e in un singhiozzo che tentò invano di soffocare gemette:

«È mio marito...».

Allora, per darsi un contegno, Maigret andò a prendere una grossa poltrona e la spinse verso di lei.

3
L'ERBORISTERIA DI RUE PICPUS

Le prime parole che la donna pronunciò non appena riuscì a parlare furono:

«Ha sofferto molto?...».

«No, signora. Posso affermare che la morte è stata istantanea...».

Lei guardò il giornale che aveva in mano e dovette fare uno sforzo per riuscire ad articolare:

«In bocca?...».

E poiché il commissario si limitava ad annuire si fece improvvisamente calma e, fissando il pavimento, con la voce che avrebbe usato per parlare di un bambino un po' discolo disse seria:

«Non poteva mai fare niente come tutti gli altri!...».

Non era un'amante, e nemmeno una sposa. In lei, che non aveva ancora trent'anni, si sentiva una tenerezza materna, una dolcezza rassegnata da suora di carità.

I poveri sono abituati a soffocare l'espressione del proprio sconforto, perché li aspetta la vita, e il lavoro, e le necessità di tutti i giorni, di tutte le ore. La donna si asciugava gli occhi con il fazzoletto, e il naso un po' arrossato le impediva di essere carina.

Mentre guardava il commissario, la piega delle sue labbra era incerta fra una smorfia di dolore e un vago sorriso.

«Mi permette di rivolgerle qualche domanda?» disse Maigret piazzandosi alla scrivania. «Suo marito si chiamava davvero Louis Jeunet?... Quando l'ha visto per l'ultima volta?...».

Poco mancò che si rimettesse a piangere. Le si inumidirono le palpebre. Con le dita aveva premuto il fazzoletto sino a farlo diventare un tamponcino durissimo.

«Due anni fa... Ma l'ho rivisto una volta con la faccia incollata alla vetrina... Se non ci fosse stata mia madre...».

Il commissario capì che ormai non doveva fare altro che lasciarla parlare. La donna non lo faceva solo per lui ma anche per se stessa.

«Lei vuole sapere tutto della nostra vita, non è vero?... È il solo modo per capire perché Louis l'ha fatto... Mio padre era infermiere a Beaujon... Aveva aperto in rue Picpus una piccola erboristeria che mia madre mandava avanti...

«Sei anni fa mio padre è morto. Mamma e io abbiamo continuato a vivere del negozio...

«Ho conosciuto Louis...».

«Dice che sono passati sei anni da allora?... Lui si chiamava già Jeunet?».

«Sì...» rispose la donna con stupore. «Era fresatore in una fabbrica di Belleville... Guadagnava bene... Non so perché le cose siano andate così in fretta... Lei non può sapere... Era insofferente di tutto... Pareva che una smania lo divorasse...

«Lo frequentavo da un mese appena... ci sposammo e lui venne a vivere da noi.

«L'alloggio, nel retrobottega, è troppo piccolo per tre... Abbiamo preso in affitto una camera per la mamma in rue du Chemin Vert... Lei mi lasciava l'erboristeria, ma siccome i suoi risparmi non erano sufficienti per vivere, tutti i mesi noi le davamo duecento franchi...

«Siamo stati felici, glielo giuro!... La mattina Louis se ne andava al lavoro... Mia madre veniva a tenermi compagnia... Di sera, lui non usciva mai...

«Non so come spiegarle... Eppure ho sempre sentito che qualcosa non andava!...

«Ecco, per dirle, era come se Louis non appartenesse al nostro mondo, come se quell'atmosfera a volte lo opprimesse...

«Era molto tenero...».

Si confuse. Diventò quasi bella mentre confessava:

«Penso che siano pochi gli uomini così... Mi abbracciava all'improvviso... Mi guardava negli occhi, con uno sguardo così profondo che faceva male... E qualche volta mi respingeva con un gesto che non mi aspettavo, che ho visto fare solo a lui, sospirava, e diceva, come parlando fra sé:

«"E pensare che ti voglio tanto bene, Jeanne...".

«E finiva così. Lui si occupava di questo e di quello, senza voltarsi verso di me, passava ore ad aggiustare un mobile, a fabbricare un utensile che mi tornasse utile, a riparare un orologio...

«A mia madre non piaceva molto, proprio perché capiva che era diverso dagli altri...».

«Tra le sue cose non aveva qualche oggetto che custodiva gelosamente?...».

«Come fa a saperlo?...».

La donna ebbe un piccolo sussulto di spavento e disse più in fretta:

«Un vecchio vestito!... Una volta è tornato a casa proprio dopo che lo avevo tirato fuori da una scatola di cartone che era sopra il guardaroba e lo stavo spazzolando. Avevo anche intenzione di aggiustare gli strappi... Per casa poteva andare ancora bene... Louis me l'ha strappato dalle mani, arrabbiatissimo, e si è messo a urlare cattiverie... quella sera si sarebbe detto che mi odiasse...

«È stato un mese dopo il nostro matrimonio... Da allora...».

Sospirò e guardò Maigret come scusandosi di avere solo quel misero racconto da fargli.

«È diventato più strano?...».

«Non era colpa sua, ne sono sicura!... Credo che fosse malato... Si tormentava... Quando per un'ora eravamo stati felici, nella cucina dove passavamo le giornate, lo vedevo cambiare all'improvviso... Smetteva di parlare... Guardava le cose e anche me con un sorriso cattivo... Poi andava a buttarsi sul letto senza neanche dirmi buonanotte...».

«Non aveva amici?...».

«No! Non è mai venuto nessuno a trovarlo...».

«Non viaggiava, non riceveva posta?...».

«No! E non gli piaceva vedere gente per casa... A volte una vicina che non aveva la macchina da cucire veniva a usare la mia, e questo era il modo migliore per farlo andare in collera...

«Una collera che non era come quella degli altri. Lui se la teneva dentro... E sembrava che fosse lui a soffrire!...

«Quando gli ho annunciato che avremmo avuto un bambino, mi ha guardata con occhi da pazzo...

«È da quel momento, e soprattutto dopo la nascita del piccolo, che si è messo a bere, quando lo prendevano le crisi, a periodi...

«Eppure so che gli voleva bene! Ogni tanto lo guardava come guardava me all'inizio, con adorazione...

«L'indomani tornava a casa ubriaco, si metteva a letto, chiudeva a chiave la porta della camera e ci restava per ore, per giornate intere...

«Le prime volte mi ha chiesto perdono piangendo... Forse, se la mamma non si fosse immischiata, sarei riuscita a trattenerlo... Ma mia madre ha iniziato a fargli la predica... C'erano delle scenate...

«Soprattutto quando Louis restava due o tre giorni senza andare a lavorare!...

«Negli ultimi tempi siamo stati molto infelici... Sa

com'è, non è vero?... Lui diventava sempre più cattivo... Mia madre l'ha messo due volte alla porta ricordandogli che quella non era casa sua...

«Io sono sicura che non era responsabile!... Era più forte di lui... più forte di lui... Gli capitava ancora di guardare me oppure nostro figlio con quello sguardo che le ho detto...

«Solo che capitava più di rado... Durava poco... L'ultima scena è stata odiosa... La mamma era presente... Louis aveva preso dei soldi dalla cassa e lei gli ha dato del ladro... Lui era pallidissimo, con gli occhi rossi, come nelle giornate storte... Aveva lo sguardo di un demente...

«Lo vedo ancora venirmi vicino come per strangolarmi... Terrorizzata, ho gridato:

«"Louis!...".

«E lui se n'è andato, chiudendo la porta così forte che il vetro si è rotto...

«Da allora sono passati due anni... Alcune vicine lo vedevano passare ogni tanto... Io sono andata a informarmi alla fabbrica di Belleville e mi hanno detto che non lavorava più là...

«Ma qualcuno l'ha visto in una piccola officina di rue de la Roquette dove fabbricano pompe per la birra...

«Io l'ho rivisto una volta, saranno forse sei mesi, attraverso la vetrina... In negozio c'era la mamma, che vive di nuovo con me e il bambino... È lei che mi ha impedito di correre alla porta...

«Mi giura che non ha sofferto, che è morto sul colpo?... Era un infelice, non è vero? Adesso può capirlo...».

La donna aveva vissuto il proprio racconto con una tale intensità, e suo marito doveva aver avuto un tale ascendente su di lei, che nel parlare aveva assunto, senza saperlo, le diverse espressioni che di volta in volta evocava.

Come all'inizio, Maigret fu colpito da una somiglianza imbarazzante fra quella donna e l'uomo che a Brema aveva schioccato le dita prima di spararsi un colpo in bocca.

Ma c'era di più: la smania divorante che la donna aveva appena descritto sembrava aver contagiato anche lei. Taceva, e tutti i suoi nervi continuavano a vibrare. Ansimava senza ragione. Aspettava qualcosa, senza sapere che cosa.

«Non le ha mai parlato del suo passato, della sua infanzia?...».

«No... Non parlava molto... So solo che era nato a Aubervilliers... E ho sempre pensato che avesse ricevuto un'educazione superiore alla sua posizione sociale... Aveva una bella scrittura... Conosceva il nome latino di tutte le piante... Quando la merciaia accanto aveva una lettera difficile da scrivere, era a lui che si rivolgeva...».

«E lei non ha mai visto la sua famiglia?».

«Prima del nostro matrimonio, mi ha detto che era orfano... Vorrei chiederle ancora una cosa, signor commissario... Lo riporteranno in Francia?...».

Poiché Maigret esitava a rispondere, la donna aggiunse, voltando la testa dall'altra parte per nascondere l'imbarazzo:

«Adesso l'erboristeria è di mia madre... E i quattrini!... Io so che lei non vorrà tirare fuori un soldo per far rimpatriare la salma... E neanche darmi il denaro per andare a vederlo!... In questo caso, non è che...».

Aveva un nodo alla gola e si chinò precipitosamente per raccogliere il fazzoletto che era caduto sul pavimento.

«Farò il necessario perché suo marito venga riportato in patria, signora».

Lei gli rivolse un sorriso commovente e si asciugò una lacrima sulla guancia.

«Lei ha capito, ne sono certa!... Lei, signor commissario, la pensa come me!... Non era responsabile... Era un infelice!...».

«Disponeva di grosse somme di denaro?».

«Soltanto della sua paga... All'inizio, mi consegnava tutto... Poi, quando si è messo a bere...».

Di nuovo l'ombra di un sorriso, ma molto triste, e tuttavia misericordioso.

Se ne andò via un po' più calma stringendosi al collo lo striminzito bavero di pelliccia. Nella sinistra teneva ancora la borsetta e il giornale ripiegato più volte.

Al numero 18 di rue de la Roquette, Maigret trovò un albergo di infimo ordine.

Quella parte della via è situata a meno di cinquanta metri da place de la Bastille e vi sbocca rue de Lappe, con le sue balere e le sue bettole.

A ogni porta c'è un bistrot, ogni casa è un albergo frequentato da vagabondi, disoccupati cronici, immigrati e prostitute.

Eppure, in questo inquietante rifugio della malavita trovano modo di inserirsi delle officine dove, a porte spalancate, si lavora col martello e la fiamma ossidrica, in un andirivieni di pesanti autocarri.

E si crea un violento contrasto fra la vita attiva, gli operai regolari, i commessi indaffarati, con in mano le loro bolle di consegna, e le figure sordide o insolenti che si aggirano nei paraggi.

«Jeunet!» borbottò il commissario spingendo la porta del bureau dell'albergo, che si trovava all'ammezzato.

«Non c'è!».

«Ha sempre la sua camera?».

Il gestore aveva fiutato la polizia e rispondeva controvoglia.

«Sì, la 19!».

«È affittata a settimana?... A mese?...».

«A mese!».

«C'è posta per lui?».

Sulle prime l'uomo cercò di giocare d'astuzia, ma

poi finì per consegnare a Maigret il pacchetto che Jeunet si era spedito da Bruxelles.

«Ne riceveva molti come questo?».

«Qualche volta...».

«Altra posta mai?...».

«No!... In tutto avrà ricevuto tre pacchetti... Un uomo tranquillo... Non capisco perché la polizia debba venire a seccarlo...».

«Lavorava?...».

«In questa strada, al 65...».

«Regolarmente?...».

«Dipende... Qualche settimana sì... qualche settimana no...».

Maigret si fece dare la chiave della camera. Ma vi trovò soltanto un paio di scarpe fuori uso – la suola si era completamente staccata dalla tomaia –, un tubetto di aspirina vuoto e una tuta da meccanico buttata in un angolo.

Scendendo interrogò di nuovo il gestore, e venne a sapere che Louis Jeunet non riceveva nessuno, non frequentava donne e, ad eccezione di qualche viaggio che durava tre o quattro giorni, conduceva un'esistenza monotona.

Ma non si alloggia in un albergo del genere, in un quartiere come quello, se da qualche parte non c'è una magagna! Il gestore lo sapeva quanto Maigret. Alla fine borbottò:

«Non è come pensa... Lui beveva... E anche questo, a momenti... A novene, come dicevamo mia moglie e io... Rigava diritto per tre settimane, tanto che andava al lavoro tutti i giorni... Poi, per un lungo periodo, beveva finché non stramazzava sul letto ubriaco fradicio...».

«Non c'era niente di sospetto nel suo modo di fare?».

L'uomo alzò le spalle, come a dire che nell'albergo che gestiva lui veniva solo gente sospetta.

Al numero 65, in una grande officina che dava sulla strada, fabbricavano congegni per spillare la birra.

Maigret venne ricevuto da un caposquadra che aveva già visto la foto di Jeunet sul giornale.

«Stavo proprio per scrivere alla polizia!» disse. «Ancora la settimana scorsa lavorava qui... Uno che guadagnava otto franchi e cinquanta all'ora!».

«Quando lavorava!».

«Lei è al corrente?... Eh sì, quando lavorava... Ce ne sono molti così... Ma, in genere, gli altri bevono regolarmente un bicchiere di troppo, oppure si prendono una bella sbronza il sabato... Lui, invece, si ubriacava all'improvviso, senza che si potesse prevederlo, per otto giorni di fila... Una volta che c'era del lavoro urgente, sono andato a trovarlo nella sua stanza... Be', lui era là, e beveva a garganella dalla bottiglia che teneva per terra accanto al letto... Non era un bello spettacolo, glielo assicuro!».

A Aubervilliers, niente. Un Louis Jeunet, figlio di Gaston Jeunet, bracciante agricolo, e di Berthe Marie Dufoin, domestica, era iscritto nei registri dello stato civile. Gaston Jeunet era deceduto dieci anni prima. Sua moglie aveva lasciato la regione.

Quanto a Louis Jeunet, non se ne sapeva niente, tranne che sei anni prima aveva scritto da Parigi per richiedere un estratto dell'atto di nascita.

Cionondimeno il passaporto era falso, e quindi l'uomo che si era ucciso a Brema, dopo aver sposato l'erborista di rue Picpus e averne avuto un figlio, non era il vero Jeunet!

Anche gli archivi della Questura non rivelarono niente: nessuna scheda a nome Jeunet, nessuna le cui impronte digitali corrispondessero a quelle del morto, rilevate in Germania.

Dunque, il povero disperato non aveva mai avuto conti con la giustizia, né in Francia né all'estero: vennero infatti consultate anche le schede trasmesse dalla maggior parte delle nazioni europee.

Era possibile risalire soltanto a sei anni prima. A

quel tempo si trovava un Louis Jeunet, fresatore, che lavorava e conduceva l'esistenza di un buon operaio.

Si sposava. Possedeva già il «completo B» che avrebbe provocato la sua prima lite con la moglie e che, anni dopo, sarebbe stato la causa della sua morte.

Non frequentava nessuno, non riceveva posta. Sembrava che conoscesse il latino e che avesse quindi ricevuto un'istruzione superiore alla media.

In ufficio, Maigret scrisse due righe per richiedere la salma alla polizia tedesca, sbrigò qualche pratica di ordinaria amministrazione e, con un'espressione amara e ostinata, aprì ancora una volta la valigia gialla il cui contenuto era stato così accuratamente etichettato dall'esperto di Brema.

Vi aggiunse il pacchetto delle trenta banconote belghe, poi di colpo decise di far saltare lo spago che le teneva unite, ne ricopiò i numeri di serie e ne indirizzò l'elenco alla Pubblica sicurezza di Bruxelles, alla quale chiese di appurarne la provenienza.

Faceva tutto lentamente, diligentemente, come se volesse illudersi che il lavoro che stava eseguendo fosse utile.

Ma ogni tanto il suo sguardo si posava con una sorta di rancore sulle fotografie che aveva sparse davanti a sé, e rimaneva con la penna a mezz'aria mordendo il cannello della pipa.

Si accingeva a malincuore ad andarsene a casa rimandando il seguito dell'indagine all'indomani, quando gli venne annunciato che lo chiamavano al telefono da Reims.

Era per la fotografia pubblicata dai giornali. Il padrone del Café de Paris, in rue Carnot, affermava di aver visto l'uomo in questione nel suo locale sei giorni prima, e se lo ricordava bene perché era già talmente ubriaco che aveva dovuto rifiutargli da bere.

Maigret esitò. Per la seconda volta spuntava fuori Reims, città dalla quale provenivano le scarpe del morto.

Quelle scarpe, molto consumate, erano state acquistate parecchi mesi prima. Dunque Louis Jeunet non si trovava accidentalmente in quella città.

Un'ora più tardi il commissario prendeva posto sull'espresso per Reims, dove arrivava alle dieci di sera. Il Café de Paris, un locale piuttosto lussuoso, era affollato di gente della buona borghesia. C'erano tre biliardi occupati e a parecchi tavoli si giocava a carte.

Era il classico caffè della provincia francese, dove i clienti stringono la mano alla cassiera e i camerieri chiamano familiarmente per nome gli avventori. Notabili della città. Rappresentanti di commercio.

E, qua e là, delle bocce nichelate che contenevano gli strofinacci per pulire i tavoli.

«Sono il commissario al quale ha telefonato qualche ora fa...».

In piedi vicino al bancone, il padrone sorvegliava il personale senza smettere di dar consigli a chi giocava a biliardo.

«Ah, sì!... Be', le ho detto tutto quello che so...».

Parlava a voce bassa, con aria un po' imbarazzata.

«Senta, si è seduto in un angolo, vicino al terzo biliardo, e ha ordinato un bicchierino di acquavite, poi un altro, e poi ancora uno... Era più o meno quest'ora... I clienti lo guardavano di traverso perché... come dire?... stonava decisamente con il locale».

«Aveva bagagli?...».

«Una vecchia valigia con la chiusura rotta... Mi ricordo che, quando è uscito, la valigia si è aperta e sono caduti per terra degli stracci... Ha anche chiesto uno spago per chiuderla...».

«Ha parlato con qualcuno?...».

Il padrone guardò uno di quelli che giocavano a biliardo, un giovane alto e magro, vestito con ricercatezza, che aveva tutta l'aria del campione le cui carambole sono seguite con rispetto dagli estimatori.

«Non esattamente... Gradirebbe qualcosa da bere?... Guardi, possiamo sederci qui!...».

Scelse un tavolo appartato, sul quale erano disposti i vassoi.

«Verso mezzanotte era bianco come questo marmo... Aveva bevuto forse otto o nove bicchieri di acquavite... E il suo sguardo aveva una fissità che non mi piaceva... C'è gente alla quale l'alcol fa questo effetto... Non si agitano, non parlano a vanvera ma, a un certo momento, stramazzano ubriachi fradici... L'avevano notato tutti... Sono andato a dirgli che non potevo più servirgli da bere e lui non ha protestato...».

«C'erano ancora giocatori?».

«Quelli che vede al terzo biliardo... Sono clienti abituali che si ritrovano qui tutte le sere, organizzano gare; fanno parte di un circolo... L'uomo se n'è andato... È stato allora che è accaduto l'incidente della valigia aperta... Non so come abbia potuto legare lo spago, nello stato in cui era... Ho chiuso il locale una mezz'ora dopo... Quei signori sono andati via stringendomi la mano e ricordo che qualcuno ha detto:

«"Mi sa che quello non andrà lontano!"».

Il padrone guardò per la seconda volta il giocatore elegante, che aveva mani bianche e curate, la cravatta impeccabile, e scarpe di vernice che scricchiolavano ogni volta che girava intorno al biliardo.

«Non vedo perché non dovrei dirle tutto... Senza contare che si tratta probabilmente di un caso, o di un errore!... L'indomani, un viaggiatore di commercio che viene tutti i mesi, e che quella sera si trovava qui, mi ha confidato di avere incontrato, verso l'una del mattino, l'ubriaco e il signor Belloir che camminavano fianco a fianco... Anzi, li ha visti entrare tutti e due in casa del signor Belloir...».

«È quello alto e biondo?».

«Sì... Abita a cinque minuti da qui, ha una bella casa in rue de Vesle... È il vicedirettore della Banque de Crédit...».

«Il viaggiatore non c'è?...».

«No! Sta facendo il suo solito giro, nell'Est del paese. Tornerà solo verso metà novembre... Io gli ho detto che doveva essersi sbagliato... Lui ha continuato a insistere... Stavo per parlarne al signor Belloir, così, per scherzo... Poi non ho osato... Avrebbe potuto averse-ne a male, no?... Mi farà la cortesia di tenere per sé quello che le ho raccontato?... In ogni caso, è meglio che non si sappia che sono stato io a parlare... Sa, nel nostro mestiere...».

Il giocatore, che aveva terminato una serie di quarantotto punti, si guardava attorno per vedere l'effetto prodotto, e strofinava col gesso verde la punta della propria stecca, impercettibilmente accigliato nel vedere Maigret in compagnia del padrone.

Quest'ultimo infatti, come la maggior parte della gente che vuole assumere un'aria disinvolta, aveva un'espressione ansiosa, da cospiratore.

«Tocca a lei, signor Émile!...» gli annunciò da lontano Belloir.

4
L'OSPITE INATTESO

La casa era nuova e la raffinatezza delle sue linee, dei materiali usati, mirava a comunicare una sensazione di pulizia, di comodità, di moderato progressismo e di solidità economica.

Mattoni rossi, ricementati di fresco, pietra viva, una porta di quercia lucida con finiture di ottone...

Erano solo le otto e mezzo del mattino quando Maigret si presentò con l'intenzione recondita di sorprendere la famiglia Belloir nell'intimità.

La facciata, in ogni caso, si armonizzava con l'aspetto del vicedirettore di banca, e l'impressione si confermò quando la porta venne aperta da una domestica in grembiule immacolato. L'ingresso era spazioso, chiuso in fondo da una porta con i vetri smerigliati. Le pareti erano in finto marmo e il pavimento in granito di due tonalità che formavano un disegno geometrico.

A sinistra, due porte a doppio battente in legno di quercia chiaro: le porte del salotto e della sala da pranzo.

Appesi a un attaccapanni, alcuni indumenti, fra cui il cappotto di un bambino di quattro o cinque anni.

Un portaombrelli panciuto, dal quale emergeva un bastone da passeggio di bambù con il pomo in oro.

Il commissario ebbe solo il tempo strettamente necessario per guardarsi attorno e impregnarsi di quell'atmosfera che rivelava un'esistenza solidamente organizzata. Non appena pronunciò il nome del signor Belloir la domestica rispose:

«Se vuole avere la cortesia di seguirmi, *i signori* la stanno aspettando...».

Si diresse verso la porta a vetri. Attraverso lo spiraglio di un'altra porta il commissario intravide la sala da pranzo, calda e ordinata, con la tavola bene apparecchiata, alla quale facevano colazione una giovane donna in vestaglia e un bimbo di quattro anni.

Al di là della porta a vetri partiva, fra rivestimenti di legno chiaro, una scala coperta da una passatoia arabescata di rosso, trattenuta a ogni gradino da un'asticella di ottone.

Sul pianerottolo, una grande pianta verde. La domestica aveva già la mano sul pomello di un'altra porta: quella di uno studio, i cui tre occupanti girarono simultaneamente la testa.

Ci fu un attimo di sgomento, e un pesante imbarazzo, anzi un'angoscia, irrigidì gli sguardi; l'unica a non accorgersene fu la domestica, che disse con la voce più naturale del mondo:

«Se vuole togliersi il cappotto...».

Uno dei tre uomini era Belloir, vestito in maniera impeccabile, con i capelli biondi ben ravviati; il suo vicino, meno curato di lui nell'aspetto, era sconosciuto a Maigret; ma il terzo altri non era che Joseph Van Damme, l'uomo d'affari di Brema.

Furono in due a parlare, contemporaneamente. Belloir fece un passo avanti aggrottando le sopracciglia e con voce un po' secca, un po' altezzosa, in armonia con l'ambiente, disse:

«Lei è il signor...?».

Ma nello stesso momento Van Damme, sforzandosi di mostrare l'abituale schiettezza, esclamava tendendo la mano a Maigret:

«Questa, poi! Che coincidenza incontrarla qui...».

Il terzo rimase zitto, seguendo con gli occhi la scena con l'aria di non capirci niente.

«Scusatemi se vi disturbo» esordì il commissario. «Non mi aspettavo di interrompere una riunione così di buon mattino...».

«Ma niente affatto! Niente affatto!...» ribatté Van Damme. «Si accomodi! Un sigaro?...».

Sulla scrivania di mogano ce n'era una scatola. L'uomo d'affari si affrettò ad aprirla e, seguitando a parlare, scelse personalmente un avana.

«Aspetti, che trovo il mio accendisigari!... Spero che non mi darà la multa perché non ha il bollo!... Perché, a Brema, non mi ha detto che conosceva Belloir?... Quando penso che avremmo potuto fare la strada insieme!... Io sono partito qualche ora dopo di lei... Un telegramma, in merito a un affare che mi richiamava a Parigi... Ne ho approfittato per venire a fare un saluto a Belloir...».

Quest'ultimo non perdeva un briciolo della sua rigidezza, e guardava alternativamente i due uomini come se volesse una spiegazione. Fu a lui che Maigret si rivolse:

«Cercherò di abbreviare il più possibile la mia visita, dato che lei aspetta qualcuno...».

«Io?... Come fa a saperlo?...».

«Semplice! La domestica mi ha detto che ero atteso. Ma siccome non è possibile che lei aspettasse me, è evidente che...».

Gli ridevano gli occhi suo malgrado, ma i tratti del viso restavano immobili.

«Commissario Maigret, della Polizia giudiziaria!... Forse lei mi ha intravisto ieri sera al Café de Paris, dove volevo raccogliere certe informazioni in merito a un'indagine in corso».

«Non sarà mica la storia di Brema?» fece Van Damme con falsa disinvoltura.

«E invece sì... Signor Belloir, vuole guardare questa fotografia e dirmi se è quella dell'uomo che lei ha ricevuto in casa sua una notte della settimana scorsa?...».

Porse a Belloir un ritratto del morto. Il vicedirettore di banca si chinò come per guardarlo, ma non lo guardò, o piuttosto non vi fissò lo sguardo.

«Non conosco questo individuo!...» affermò restituendo la foto a Maigret.

«È sicuro che non sia l'uomo che le ha rivolto la parola mentre lei ritornava dal Café de Paris?...».

«Di cosa sta parlando?...».

«Mi scuserà se insisto... Sto cercando un'informazione, di scarsa importanza del resto... E mi sono permesso di disturbarla, convinto che lei non avrebbe esitato ad aiutare la giustizia... Quella sera, accanto al terzo biliardo dove lei stava giocando una partita era seduto un ubriaco... Ha attirato l'attenzione di tutti gli avventori... È uscito un po' prima di lei e dopo, quando lei ha lasciato i suoi amici, l'ha avvicinata...».

«Credo di ricordare... Mi ha chiesto del fuoco...».

«E siete venuti qui insieme, non è vero?...».

Belloir fece un sorriso che pareva una smorfia.

«Non so chi le ha raccontato questa fandonia. Non è nel mio carattere raccattare vagabondi...».

«Potrebbe aver riconosciuto in lui un amico, oppure...».

«Li scelgo meglio i miei amici!».

«E così è tornato a casa da solo?».

«Sì, certo...».

«Si trattava dello stesso uomo di cui le ho appena mostrato il ritratto?».

«Non lo so... Non l'ho neppure guardato...».

Van Damme aveva ascoltato con visibile impazienza e più volte era stato sul punto di intervenire. Quanto al terzo personaggio, che portava una barbetta bruna e abiti neri come ancora usano certi artisti, guardava fuori dalla finestra, e di tanto in tanto passava la mano sul vetro che il suo fiato appannava.

«In tal caso non mi resta che ringraziarla, signor Belloir, e porgerle nuovamente le mie scuse...».

«Un attimo, commissario!» esclamò Joseph Van Damme. «Non vorrà andarsene così?... Resti un momento con noi, la prego, e Belloir ci offrirà una di quelle acquaviti invecchiate che tiene sempre in serbo... Sa che ce l'ho con lei perché non è venuto a cena con me, a Brema?... L'ho aspettata per tutta la sera...».

«Lei ha viaggiato in treno?».

«In aereo! Viaggio quasi sempre in aereo, come la maggior parte degli uomini d'affari, del resto!... A Parigi, mi è venuta voglia di fare un salutino al mio vecchio amico Belloir... Siamo stati compagni di studi...».

«A Liegi?...».

«Sì... Adesso erano quasi dieci anni che non ci vedevamo... Non sapevo neppure che fosse sposato!... È buffo ritrovarlo papà di un bambino già grande!... E lei è ancora alle prese con quel suicida?...».

Belloir aveva suonato per chiamare la domestica, alla quale ordinò di portare una bottiglia di acquavite e dei bicchieri. E in ognuno dei gesti che faceva, volutamente lenti e precisi, si avvertiva una concitazione febbrile.

«L'inchiesta è solo agli inizi» mormorò Maigret senza insistere. «È impossibile prevedere se andrà per le lunghe o se in un giorno o due il caso sarà archiviato...».

Squillò il campanello della porta d'ingresso. I tre uomini si scambiarono uno sguardo furtivo. Si udirono voci per le scale. Qualcuno diceva, con un accento belga piuttosto pronunciato:

«Sono tutti di sopra?... Conosco la strada... Non si preoccupi...».

E sulla porta gridò:

«Buongiorno a tutti!...».

Ma le parole caddero in un silenzio imbarazzato. L'uomo si guardò attorno, vide Maigret e con gli occhi interrogò i compagni.

«Mi... mi aspettavate?...».

I lineamenti di Belloir si contrassero. Egli avanzò verso il commissario:

«Jef Lombard, un amico!...» disse a denti stretti.

E poi, scandendo bene le sillabe:

«Il commissario Maigret, della Polizia giudiziaria...».

Il nuovo venuto parve ricevere una leggera scossa elettrica, e con una voce meccanica che ebbe intonazioni comiche balbettò:

«Ah!... bene... benissimo...».

Poi, turbato, consegnò il cappotto alla domestica, e subito la rincorse per prendere le sigarette dalla tasca.

«Belga anche lui, commissario... Lei sta assistendo a una vera e propria riunione di belgi... Penserà che ha tutta l'aria di una cospirazione... E l'acquavite, Belloir?... Un sigaro, commissario?... Jef Lombard è il solo che abiti ancora a Liegi... Il caso ha voluto che gli affari ci richiamassero tutti contemporaneamente nello stesso angolo di mondo, e abbiamo deciso di festeggiare questa occasione con una bella mangiata! Se solo osassi...».

Guardò gli altri con una leggera esitazione.

«Lei ha perso la cena che volevo offrirle a Brema... Accetti di pranzare con noi più tardi...».

«Purtroppo ho degli impegni» rispose Maigret. «E per di più è ora che vi lasci ai vostri affari».

Jef Lombard si era avvicinato al tavolo. Era alto e magro, con lineamenti irregolari, braccia e gambe troppo lunghe e il colorito pallido.

«Ah, ecco la foto che cercavo!...» fece il commissario come parlando a se stesso. «Non le chiedo, signor Lombard, se conosce quest'uomo, perché sarebbe una coincidenza davvero portentosa...».

E tuttavia gli mise la fotografia sotto gli occhi e vide il pomo d'Adamo del belga farsi più sporgente e animarsi con uno strano movimento dall'alto in basso e dal basso in alto.

«Non lo conosco...» riuscì ad articolare l'uomo con voce rauca.

Belloir tamburellava sulla scrivania con la punta delle dita dalle unghie curate. Joseph Van Damme cercava qualcosa da dire.

«Allora non avrò il piacere di rivederla, commissario?... Torna a Parigi?...».

«Ancora non so... Signori, le mie scuse...».

Van Damme gli strinse la mano, e gli altri dovettero fare altrettanto. La mano di Belloir era secca e dura. Il personaggio con la barba tese la propria con fare esitante. Quanto a Jef Lombard, stava accendendosi una sigaretta in un angolo dello studio e si limitò a brontolare qualcosa e a fare un cenno con la testa.

Maigret passò accanto alla pianta verde che emergeva da un enorme vaso di porcellana, e calpestò nuovamente la passatoia con le asticelle di ottone. Nell'anticamera, udì il suono stridulo di un violino maneggiato da un principiante e una voce di donna che diceva:

«Non così svelto... Il gomito all'altezza del mento... Piano!...».

Erano la signora Belloir e suo figlio. Maigret li scorse dalla strada, attraverso le tende del salotto.

Erano le due e Maigret stava finendo di pranzare al Café de Paris quando vide entrare Van Damme, che si guardò attorno come se cercasse qualcuno. Vedendo il commissario l'uomo d'affari sorrise e avanzò verso di lui con la mano tesa.

«Eccoli qua i suoi impegni!» disse. «Pranzare al ristorante solo soletto!... Ho capito, sa... Ha preferito lasciarci tra di noi...».

Apparteneva decisamente a quella categoria di uomini che si mettono alle costole della gente senza essere invitati, rifiutando di accorgersi che l'accoglienza che viene loro riservata può forse non essere incoraggiante.

Maigret si concesse il piacere maligno di mantenere una grande freddezza, ma Van Damme si sedette ugualmente al suo tavolo.

«Ha terminato? In questo caso, mi permetterà di offrirle un digestivo... Cameriere!... Allora, cosa prende, commissario?... Un armagnac invecchiato?...».

Si fece portare la lista degli alcolici, chiamò il padrone, si decise infine per un armagnac del 1867 e pretese che gli portassero i bicchieri da degustazione.

«A proposito... Lei rientra a Parigi?... Io ci vado questo pomeriggio e, siccome odio il treno, penso di noleggiare una macchina... Se vuole, la porto io... Che ne dice dei miei amici?».

Annusò il suo armagnac con aria critica e tirò fuori dalla tasca un portasigari.

«Prego... Sono ottimi... A Brema c'è soltanto una ditta dove si possono trovare, e li importa direttamente dall'Avana...».

Maigret aveva la sua espressione più neutra, il suo sguardo più sgombro di pensieri.

«È buffo ritrovarsi a distanza di anni!...» riprese a dire Van Damme, che sembrava incapace di sopportare il silenzio. «A vent'anni, si è tutti per così dire sulla stessa linea di partenza... Quando poi ci si rivede, si rimane sbalorditi dall'abisso che si è scavato fra l'uno e l'altro... Non voglio dir male di loro... Ciò non toglie che prima, da Belloir, non mi sentivo a mio agio...

«Quella pesante atmosfera provinciale!... E lo stesso Belloir, tutto in ghingheri!... Però non ha fatto una cattiva riuscita... Ha sposato la figlia di Morvandeau, il Morvandeau delle reti metalliche... Tutti i suoi cognati sono nell'industria... Lui invece ha una discreta posizione in banca, dove un giorno o l'altro diventerà direttore...».

«E quello piccolo con la barba?» interrogò Maigret.

«Quello... Può anche darsi che si faccia strada... Nell'attesa, credo che tiri a campare... Fa lo scultore, a Parigi... Pare che abbia talento... Ma cosa vuole?... L'ha visto, con quel vestito antiquato... Niente di moderno!... Nessuna disposizione per gli affari...».

«E Jef Lombard?...».

«L'uomo migliore del mondo!... Da giovanotto, era quello che si dice un buontempone, capace di tenere tutti col fiato sospeso per ore e ore...

«Voleva dedicarsi alla pittura... Per vivere, faceva vignette per i giornali... Poi è diventato fotoincisore, a Liegi... È sposato... Penso che aspetti il terzo figlio...

«Le dirò, in mezzo a quei tre ho avuto l'impressione di soffocare!... Vite mediocri, preoccupazioni mediocri... Non è colpa loro, ma ho fretta di rituffarmi nell'atmosfera degli affari...».

Vuotò il bicchiere e guardò la sala semideserta nella quale un cameriere, seduto a un tavolo in fondo, leggeva il giornale.

«Allora siamo intesi?... Tornerà a Parigi con me?...».

«Ma non porta con sé il suo amico con la barba in compagnia del quale è venuto?...».

«Janin?... No! A quest'ora avrà già ripreso il treno...».

«Sposato?...».

«Non proprio. Ma ha sempre un'amica, che vive con lui per una settimana o per un anno... Poi cambia!... E presenta regolarmente la propria compagna come "la signora Janin"... Cameriere!... Ce ne porti un altro!...».

In certi momenti Maigret era costretto a velare il proprio sguardo che si faceva troppo perspicace. Il padrone venne di persona a dirgli che lo desideravano al telefono. Aveva infatti lasciato in Questura l'indirizzo del Café de Paris.

C'erano notizie da Bruxelles, giunte telefonicamente alla Polizia giudiziaria: le trenta banconote da mille franchi erano state consegnate dalla Banque Générale de Belgique a un certo Louis Jeunet, che aveva incassato un assegno a firma di Maurice Belloir.

Quando aprì la porta della cabina telefonica, Maigret scorse Van Damme che, non sapendosi osservato, lasciava che i suoi lineamenti si distendessero. E, di colpo, appariva meno schietto, meno roseo, e soprattutto meno gonfio di salute e di ottimismo.

Ma certo si sentì guardato, perché trasalì e, ridiventando automaticamente l'uomo d'affari gioviale, esclamò:

«Promesso?... Verrà con me?... Ehi, capo!... Vuole fare in modo che una macchina ci venga a prendere e ci porti a Parigi?... Un'automobile comoda, mi raccomando... E mentre aspettiamo, qualcuno ci riempia i bicchieri...».

Spuntò coi denti l'estremità di un sigaro e per un secondo, non di più, mentre fissava il marmo del tavolo, gli occhi gli si appannarono e le labbra si piegarono all'ingiù come se il tabacco gli fosse parso troppo amaro.

«È quando si vive all'estero che si apprezzano i vini e i liquori di Francia!...».

Le parole suonarono false. Si sentiva che c'era un abisso tra queste e i pensieri che si agitavano dietro la fronte dell'uomo.

Nella strada passò Jef Lombard. Una sagoma che le tende di tulle rendevano confusa. Era solo e camminava a grandi passi lenti, cupamente, senza vedere nulla dello spettacolo che la città offriva.

Teneva in mano una borsa da viaggio che ricordò a Maigret le due valigie gialle. Ma era di qualità superiore, con due cinghie e una custodia per il biglietto da visita.

I tacchi delle scarpe cominciavano a consumarsi da una parte. Gli abiti non venivano spazzolati tutti i giorni. Jef Lombard si dirigeva verso la stazione, a piedi.

Van Damme, che portava al dito un grosso anello

di platino con monogramma, era circondato da una nuvola di profumo che l'aroma acuto dell'alcol rendeva più pungente. Si udiva il mormorio della voce del padrone che telefonava al garage.

Belloir stava probabilmente lasciando la sua bella casa nuova e si dirigeva verso l'ingresso marmoreo della banca, mentre la moglie portava il figlio a passeggio sui viali.

Tutti lo salutavano. Suo suocero era il più grosso commerciante della regione. I suoi cognati erano nell'industria. Gli si schiudeva davanti un bell'avvenire.

Janin invece, con la sua barbetta e la sua cravatta a fiocco, stava viaggiando verso Parigi. In terza classe, Maigret ci avrebbe scommesso.

E, all'ultimo gradino della scala, c'era lo smunto viaggiatore di Neuschanz e di Brema, il marito dell'erborista di rue Picpus, il fresatore di rue de la Roquette, con le sue sbornie solitarie, l'uomo che andava a contemplare la moglie attraverso la vetrina del negozio, spediva al proprio indirizzo banconote impacchettate come vecchi giornali, comprava panini coi würstel al buffet della stazione e si sparava un colpo in bocca perché gli avevano rubato un vecchio completo che non gli apparteneva.

«Mi ascolta, commissario?».

Maigret sussultò e fissò sul suo compagno uno sguardo assolutamente annebbiato, tanto annebbiato che questi, sentendosi a disagio, tentò di ridere – male! – e balbettò:

«Stava sognando?... In ogni caso, sembrava lontano... Scommetto che è ancora quel suicida a tormentarla...».

Non era del tutto esatto! Perché, nel preciso momento in cui Van Damme gli rivolgeva la parola, Maigret, senza sapere lui stesso perché, stava facendo uno strano conto, il conto dei bambini immischiati in quella storia: uno in rue Picpus, tra la madre e la nonna, dentro una bottega odorosa di menta e di gomma arabica; uno a Reims, che imparava a tenere il gomito all'altezza del mento mentre passava l'archetto sulle corde di un violino; due a Liegi, a casa di Jef Lombard, dove ne era in arrivo un terzo...

«Un ultimo armagnac, d'accordo?...».

«No, grazie... Basta così...».

«Andiamo! Il bicchiere della staffa, o piuttosto del predellino...».

Joseph Van Damme fu il solo a ridere: provava costantemente il bisogno di farlo, come un bambino che ha paura di scendere in cantina e si mette a fischiettare per convincersi di non aver paura.

5
IN PANNE A LUZANCY

Ci furono a stento tre minuti consecutivi di silenzio mentre, sul far della notte, la macchina procedeva a velocità sostenuta. Joseph Van Damme trovava sempre qualcosa da raccontare e, anche grazie all'armagnac, riusciva a conservare tutto il proprio brio.

L'auto era una vecchia limousine con i sedili sformati e gli accessori di legno intarsiato. L'autista indossava un impermeabile e aveva il collo avvolto in una sciarpa lavorata a maglia.

A un certo momento, quando viaggiavano da circa due ore, il motore si spense e la macchina si fermò sul ciglio di un sentiero, ad almeno un chilometro da un paese di cui si scorgevano poche luci velate dalla bruma.

L'autista si chinò sulle ruote posteriori, poi aprì la portiera e annunciò che si era bucata una gomma e che ci sarebbe voluto un quarto d'ora per cambiarla.

I due uomini scesero. Il meccanico stava già piazzando un cric sotto l'assale e affermava di non aver bisogno di aiuto.

Chi fu a proporre di camminare, Maigret o Van Damme? Né l'uno né l'altro, in verità. La cosa venne da sé. Mossero dapprima qualche passo sulla strada e poi videro un sentierino in fondo al quale scorreva rapida l'acqua di un fiume.

«To'!... La Marna!» osservò Van Damme. «È in piena...».

Proseguirono lungo il sentiero, a passi lenti, fumando il sigaro. Si sentiva un rumore confuso di cui capirono la provenienza solo una volta raggiunta la riva.

A cento metri, dall'altra parte dell'acqua, c'era una chiusa, quella di Luzancy, con l'approdo deserto e le saracinesche chiuse. E ai piedi dei due uomini si trovava la diga, con la sua cascata lattiginosa, il ribollio dell'acqua, i mulinelli, la corrente impetuosa. La Marna era gonfia d'acqua.

Nell'oscurità, si indovinavano rami e forse interi alberi che passavano sul filo della corrente, urtavano contro la diga e finivano per superarla.

Un'unica luce: quella della chiusa, di fronte.

In quel preciso momento, proseguendo il proprio discorso Van Damme diceva:

«I tedeschi fanno ogni anno sforzi inauditi per imbrigliare l'energia dei fiumi, imitati in questo dai russi... In Ucraina, stanno costruendo una diga che costerà centoventi milioni di dollari, ma che fornirà energia elettrica a tre province...».

Fu impercettibile: sulle parole «energia elettrica» la voce ebbe un cedimento. Poi riacquistò forza. E subito dopo l'uomo provò il bisogno di tossire, di tirar fuori di tasca il fazzoletto e soffiarsi il naso.

Si trovavano a meno di cinquanta centimetri dall'acqua e all'improvviso Maigret, spinto di schiena, perse l'equilibrio, vacillò, rotolò in avanti e si aggrappò con entrambe le mani all'erba dell'argine, con i piedi nell'acqua, mentre già il suo cappello scompariva al di là della diga.

Il resto accadde rapidamente, poiché il commissario se l'aspettava. Sotto la sua mano destra alcune zolle di terra stavano cedendo.

Ma con la sinistra aveva afferrato un ramo flessibile che aveva avvistato.

Era trascorso appena qualche secondo e già Maigret era in ginocchio sull'argine; si alzò in piedi e gridò alla sagoma di un uomo che si stava allontanando:

«Fermo!...».

Cosa strana, Van Damme non osava correre. Si dirigeva verso la macchina affrettando appena il passo, continuando a voltarsi indietro, con le gambe molli per l'emozione.

E si lasciò raggiungere, a testa bassa, il collo affondato nel bavero del cappotto. Ebbe solo un gesto, un gesto di rabbia, come se avesse sferrato un pugno a un tavolo immaginario, e brontolò fra i denti:

«Imbecille!...».

Per ogni evenienza, Maigret aveva estratto la rivoltella. Senza mollarla, senza smettere di osservare il compagno, scrollò i pantaloni inzuppati fino al ginocchio, mentre l'acqua gli schizzava fuori dalle scarpe.

L'autista, sulla strada, suonava qualche colpetto di clacson per annunciare che l'auto era nuovamente in grado di partire.

«Avanti!...» fece il commissario.

E ripresero posto in macchina, in silenzio. Van Damme aveva ancora il sigaro tra i denti. Evitava lo sguardo di Maigret.

Dieci chilometri. Venti chilometri. Un agglomerato di case, che attraversarono al rallentatore. Gente che circolava nelle vie illuminate. Poi di nuovo la strada.

«Comunque, non può arrestarmi...».

Il commissario trasalì, tanto quelle parole pronunciate lentamente, con voce caparbia, giungevano inattese. E tuttavia rispondevano con esattezza alle sue preoccupazioni!

Stavano arrivando a Meaux. La campagna lasciava il posto alla periferia urbana. Cominciava a cadere una pioggia fine, e quando passavano davanti a un lampione ogni goccia si trasformava in una stella. Allora, avvicinando la bocca al cornetto acustico, il poliziotto disse:

«Ci porti in Questura, quai des Orfèvres...».

Caricò la pipa, ma non poté fumare perché aveva i fiammiferi bagnati. Non riusciva a vedere la faccia del suo vicino, girata verso la portiera e ridotta a un profilo confuso, sfumato dalla semioscurità. Ma ne avvertiva tutta l'animosità.

L'atmosfera si era fatta aspra, l'ostilità e la tensione erano palpabili.

Lo stesso Maigret protendeva leggermente la mascella in un'espressione astiosa.

Tutto ciò si tradusse in un incidente grottesco quando l'auto accostò di fronte alla Questura. Il poliziotto era sceso per primo.

«Venga!» disse.

L'autista attendeva di essere pagato e Van Damme non sembrava preoccuparsene. Ci fu un attimo di titubanza. Non senza rendersi conto del ridicolo della situazione, Maigret disse:

«E allora?... È lei che ha noleggiato la macchina...».

«Un momento... Se ho viaggiato come detenuto, tocca a lei pagare...».

Questo particolare non rivelava forse quanto fosse ormai lontana Reims, e soprattutto quale trasformazione si fosse operata nel belga?

Maigret pagò, fece strada al compagno senza dire una parola e chiuse la porta del proprio ufficio, dove per prima cosa si preoccupò di attizzare il fuoco nella stufa.

Aprì un armadio, ne tirò fuori alcuni indumenti, e senza curarsi del suo ospite si cambiò i pantaloni, i calzini e le scarpe, e mise ad asciugare accanto al fuoco quelli bagnati.

Van Damme si era seduto senza aspettare di essere invitato. In piena luce, il mutamento era ancora più sorprendente.

Aveva lasciato a Luzancy la sua falsa bonomia, la

sua schiettezza, il suo sorriso un po' forzato e adesso aspettava, con i lineamenti tirati, lo sguardo sornione.

Maigret armeggiò ancora nella stanza fingendo di disinteressarsi di lui, riordinò alcune pratiche e telefonò al suo capo per chiedergli un'informazione che non aveva alcun rapporto con il caso.

Alla fine, piantandosi di fronte a Van Damme, disse:

«Dove, come e quando ha conosciuto l'uomo che si è suicidato a Brema e che viaggiava con un passaporto intestato a Louis Jeunet?...».

L'altro trasalì appena. Ma alzò la testa con un gesto deciso e replicò:

«A che titolo mi trovo qui?».

«Si rifiuta di rispondere alla mia domanda?».

Van Damme si mise a ridere, di un riso nuovo, ironico, cattivo.

«Conosco la legge quanto lei, commissario. O lei mi incrimina, e in questo caso aspetto di vedere il mandato di arresto, oppure non mi incrimina, e niente mi obbliga a rispondere alle sue domande.

«Nel primo caso, il Codice prevede che per parlare io possa attendere di essere assistito da un avvocato».

Maigret non se la prese, non parve nemmeno contrariato da quell'atteggiamento. Anzi! Guardò il suo uomo con curiosità, forse con una certa soddisfazione.

Grazie all'incidente di Luzancy, Joseph Van Damme era stato costretto ad abbandonare i suoi atteggiamenti artificiosi. Non solo quello che assumeva con Maigret, ma anche quelli che assumeva con la gente e perfino con se stesso.

Non rimaneva quasi niente dell'uomo d'affari allegro e superficiale di Brema, che andava dai grandi caffè al proprio moderno ufficio e da questo ai ristoranti più rinomati. Niente della sua leggerezza di commerciante fortunato negli affari, che lavora sodo e accumula denaro con allegra energia, e con una gran voglia di godersi la vita!

C'era solo una faccia scavata, con la carnagione

smorta, e si sarebbe detto che era bastata un'ora a mettergli quelle borse sotto gli occhi!

Non era forse vero che solo un'ora prima Van Damme era ancora un uomo libero il quale, se pur aveva qualcosa sulla coscienza, manteneva tuttavia la sicurezza che gli davano la sua reputazione, il suo denaro, la sua patente di uomo d'affari e la sua abilità?

Aveva provveduto lui stesso a sottolineare questa differenza.

A Reims pagava continuamente da bere. Offriva sigari di lusso. Dava un ordine e il padrone del locale si affrettava a compiacerlo e telefonava al garage raccomandandosi di procurargli la macchina più comoda.

Era *qualcuno*!

A Parigi aveva rifiutato di pagare la corsa. Parlava di Codice penale. Si sentiva che era pronto a discutere, a difendersi a palmo a palmo, aspramente, come si difende la propria testa.

Ed era furibondo con se stesso! Lo testimoniava la sua esclamazione dopo il gesto compiuto in riva alla Marna!

Non aveva premeditato niente. Non conosceva l'autista. Persino quando avevano forato non gli era venuto in mente di poterne approfittare.

Era stato solo in riva al fiume... Quei mulinelli... Gli alberi che passavano come semplici foglie morte... Scioccamente, senza riflettere, aveva dato quella spallata...

Schiumava di rabbia! Intuiva che al suo compagno quel gesto non era giunto inaspettato.

Probabilmente capiva anche di essere perduto ed era tanto più deciso a difendersi con le unghie e con i denti.

Fece per accendersi un altro sigaro: Maigret glielo prese di bocca, lo buttò nel secchio del carbone e ne approfittò per togliere a Van Damme il cappello che si era tenuto in testa.

«L'avverto che ho da fare... Se non si decide ad arrestarmi nelle forme previste, la prego di volermi gentilmente rimettere in libertà... In caso contrario, sarò costretto a denunciarla per avermi trattenuto illegalmente...

«Ci tengo a dirle che, per quanto concerne il bagno da lei fatto, io negherò risolutamente... Lei ha messo un piede in fallo sull'argilla fangosa dell'alzaia... L'autista confermerà che non ho cercato di fuggire, cosa che avrei fatto se avessi davvero tentato di affogarla...

«Quanto al resto, aspetto ancora di sapere di che cosa mi incolpa... Io sono venuto a Parigi per affari... Posso provarlo... In seguito sono andato a Reims a trovare un vecchio compagno di scuola che in quanto a rispettabilità ha una reputazione non inferiore alla mia...

«Incontrandola a Brema, dove i francesi sono rari, sono stato tanto ingenuo da prenderla in simpatia, da offrirle da mangiare e da bere, e infine da riportarla da Reims a Parigi in macchina...

«Lei ha mostrato, a me e ai miei amici, la fotografia di un uomo che noi non conosciamo... Quest'uomo si è ucciso!... È concretamente provato che si tratta di suicidio. Non è stata fatta alcuna denuncia, e di conseguenza non c'è nessun procedimento giudiziario in corso...

«Non ho altro da dirle...».

Maigret si accese la pipa con un foglio di carta piegato che introdusse nella stufa, e con voce indifferente disse:

«Lei è assolutamente libero...».

Non seppe trattenere un sorriso, tanto Van Damme apparve sconcertato da quella troppo facile vittoria.

«Cosa intende dire?».

«Che è libero, nient'altro! E aggiungo che sono pronto a ricambiare la sua cortesia e a offrirle la cena...».

Raramente gli era capitato di essere tanto allegro. L'altro lo guardava con uno stupore venato di spavento, come se ognuna di quelle parole fosse carica di una velata minaccia. Si alzò, esitante.

«Sono libero di tornare a Brema?...».

«Perché no? Lei stesso ha appena detto che non si è reso colpevole di alcun reato...».

Per un attimo sembrò che Van Damme stesse per riacquistare la sua sicurezza, la sua allegria, e che forse avrebbe accettato l'invito a cena e spiegato il gesto compiuto a Luzancy come una goffaggine o un atto di follia.

Ma il sorriso di Maigret fece svanire quelle velleità di ottimismo. Van Damme afferrò il cappello e se lo mise in testa con un gesto brusco.

«Quanto le devo per la macchina?».

«Assolutamente niente... Felicissimo di averle reso un servigio...».

Non gli stavano forse tremando le labbra? Van Damme non sapeva come fare per andarsene. Cercava qualcosa da dire. Finì per alzare le spalle e dirigersi verso la porta brontolando un: «Idiota!...», senza che si capisse con esattezza a chi o a che cosa si riferisse quell'epiteto.

Sulle scale, dove il commissario, appoggiato con i gomiti alla balaustra, lo guardava scomparire, ripeteva ancora la stessa cosa.

Passò il brigadiere Lucas, diretto all'ufficio del capo con in mano degli incartamenti.

«Presto!... Mettiti il cappello... il cappotto... Segui quell'uomo anche in capo al mondo se è necessario...».

E Maigret prese gli incartamenti dalle mani del suo subalterno.

Il commissario stava finendo di compilare un certo numero di richieste d'informazioni, ciascuna intestata a un nominativo, le quali, trasmesse alle diverse squadre, gli sarebbero tornate con notizie particolareggiate sugli interessati, e precisamente: Maurice Belloir, vicedirettore di banca, rue de Vesle, Reims, originario di Liegi; Jef Lombard, fotoincisore, Liegi; Gaston Janin, scultore, rue Lepic, Parigi, e Joseph Van Damme, rappresentante di commercio, Brema.

Era ormai arrivato all'ultima scheda quando l'usciere venne ad annunciargli che un uomo chiedeva di essere ascoltato in merito al suicidio di Louis Jeunet.

Era tardi. I locali della Polizia giudiziaria erano pressoché deserti. Nell'ufficio vicino, però, un ispettore batteva a macchina un rapporto.

«Fallo entrare!...».

Il personaggio che venne introdotto si fermò sulla porta con un'aria tra goffa e ansiosa, e forse si stava già pentendo di quell'iniziativa.

«Avanti!... Si accomodi...».

Maigret l'aveva già inquadrato. L'uomo era alto e magro, con i capelli biondissimi, un viso mal rasato e certi abiti logori che gli ricordavano quelli di Louis Jeunet. Al cappotto, che aveva il bavero unto e i risvolti impolverati, mancava un bottone.

Da altri piccoli indizi, da un certo modo di essere, di sedersi e di guardare, il commissario riconobbe in lui l'uomo che ha dei conti in sospeso con la legge e che, anche se è in regola, di fronte alla polizia non riesce a vincere l'inquietudine.

«È qui per il ritratto pubblicato sui giornali?... Perché non si è presentato immediatamente?... Sono due giorni che la fotografia è apparsa...».

«Io non leggo i giornali...» prese a dire l'uomo. «È un caso se mia moglie ne ha portato a casa un foglio in cui era avvolta la spesa...».

Già in un'altra occasione Maigret era stato colpito da quella mobilità di lineamenti, da quel fremito continuo delle narici e soprattutto da quello sguardo irrequieto, di un'irrequietezza morbosa.

«Conosceva Louis Jeunet?...».

«Non so... La foto non è buona... Ma mi sembra... Credo che si tratti di mio fratello...».

Maigret tirò involontariamente un sospiro di sollievo. Gli parve che questa volta tutto il mistero si sarebbe chiarito di colpo. E andò a piazzarsi con la schiena rivolta alla stufa, in una posa che gli era familiare quando era di buon umore.

«Allora lei si chiama Jeunet?».

«No... Appunto... È per questo che ho esitato a venire... Eppure si tratta proprio di mio fratello!... Ne sono sicuro, adesso che sulla scrivania vedo una foto migliore... Quella cicatrice, guardi!... Ma non capisco perché si sia ucciso, né soprattutto perché abbia cambiato nome...».

«Lei come si chiama?...».

«Armand Lecocq d'Arneville... Ho portato i documenti...».

E, ancora una volta, quel gesto della mano in direzione della tasca per prendere un passaporto bisunto tradiva l'irregolare, abituato a essere sospettato e a dover esibire i documenti.

«D'Arneville con la d minuscola?... Due parole staccate?...».

«Sì...».

«Lei è nato a Liegi...» proseguì il commissario gettando un'occhiata al passaporto. «Ha trentacinque anni... Che mestiere fa?...».

«Per il momento sono fattorino in una fabbrica di Issy-les-Moulineaux... Abitiamo a Grenelle, mia moglie e io...».

«Qui c'è scritto "meccanico"...».

«Una volta... Ho fatto di tutto...».

«Anche un po' di galera!» affermò Maigret girando le pagine del passaporto. «Lei è un disertore...».

«C'è stata un'amnistia... Adesso le spiego. Stavamo bene... Mio padre dirigeva un'azienda di pneumatici... Ma io avevo solo sei anni quando lui ha abbandonato mia madre, subito dopo la nascita di mio fratello Jean... Quella è stata l'origine di tutto!...

«Abbiamo traslocato in un appartamento in rue de la Province, a Liegi... Nei primi tempi, mio padre versava con discreta regolarità una somma per il nostro mantenimento...

«Lui si dava alla bella vita. Aveva delle amanti... Una volta, quando ci ha portato il mensile, c'era una donna nell'auto che aspettava in strada...

«Ci sono state scenate... Mio padre ha smesso di pagare, oppure dava solo qualche acconto... Mia madre ha fatto la domestica a ore e a poco a poco è quasi impazzita...

«Non al punto da venire internata... Ma abbordava i passanti per raccontare le sue disgrazie. Andava in giro piangendo...

«Mio fratello, praticamente non lo vedevo mai... Io frequentavo i ragazzini del quartiere... Ci hanno portati al commissariato di polizia una decina di volte... Poi mi hanno trovato un posto in un negozio di ferramenta...

«Tornavo il meno possibile a casa, dove mia madre continuava a piangere e faceva venire qualche vecchia del vicinato per lamentarsi insieme con lei...

«A sedici anni mi sono arruolato e ho fatto domanda per il Congo... Ci sono rimasto soltanto un mese... Per otto giorni mi sono nascosto a Matadi, poi mi sono imbarcato clandestinamente su un piroscafo che tornava in Europa...

«Mi hanno scoperto... Ho fatto un po' di prigione... Sono scappato e sono venuto in Francia, dove ho cambiato un mucchio di mestieri...

«Ho patito la fame. Ho dormito ai mercati generali... Non ho rigato sempre diritto, ma le giuro che da quattro anni ho messo la testa a posto...

«Mi sono anche sposato!... Con un'operaia, che continua a lavorare in fabbrica, perché io non guadagno molto e mi capita di restare senza lavoro...

«Non ho mai cercato di tornare in Belgio... Qualcuno mi ha detto che mia madre era morta in manicomio e che mio padre era ancora vivo...

«Ma lui non ha mai voluto occuparsi di noi... Ha un'altra famiglia...».

E l'uomo fece un sorriso obliquo, come per scusarsi.

«E suo fratello?...».

«È tutta un'altra cosa... Jean era a posto. A scuola ha ottenuto una borsa di studio e ha potuto iscriversi al liceo... Quando io ho lasciato il Belgio per andare in Congo, lui aveva solo tredici anni e da allora non l'ho più rivisto...

«Ogni tanto ho avuto sue notizie, perché mi capita di incontrare qualcuno di Liegi. Quando ha finito il liceo, certa gente si è occupata di lui per consentirgli di frequentare l'università...

«Sono passati dieci anni da allora... In seguito, tutti i compatrioti che ho visto mi hanno detto che non sapevano niente di lui, che doveva essere andato all'estero, perché non se ne sentiva più parlare...

«È stato un colpo vedere la fotografia, e soprattutto pensare che Jean era morto a Brema, sotto falso nome...

«Lei non può capire... Io sono partito col piede sbagliato... Mi è andata male... Ho fatto delle sciocchezze...

«Ma quando mi ricordo com'era Jean a tredici anni... Mi assomigliava, con qualcosa di più posato, di più serio... Leggeva già poesie. Passava intere notti a studiare, da solo, facendosi luce con qualche mozzicone di candela che gli regalava un sacrestano...

«Ero sicuro che sarebbe diventato qualcuno... Guardi, per dirle: da piccolo non avrebbe giocato in strada per tutto l'oro del mondo... Tanto che la ragazzaglia del quartiere lo prendeva in giro!...

«Io avevo sempre bisogno di soldi e non esitavo a chiederli a mia madre, che se ne privava per darli a me... Lei ci adorava... A sedici anni, uno non capisce... Ma adesso ricordo un giorno in cui mi sono comportato in modo spregevole perché avevo promesso a una ragazzina di portarla al cinema...

«Mia madre non aveva soldi... Io piangevo, minacciavo... Un'opera pia le passava delle medicine e lei è andata a rivenderle...

«Capisce?... Ed è stato Jean a morire, in quel modo, laggiù, sotto un altro nome!...

«Non so cos'abbia fatto... Non riesco a credere che abbia seguito la mia stessa strada... Penserebbe così anche lei, se l'avesse conosciuto da bambino...

«Lei sa qualcosa?...».

Maigret restituì il passaporto al suo interlocutore.

«Conosce, a Liegi, qualcuno che si chiami Belloir, o Van Damme, o Janin, o Lombard?» gli domandò.

«Uno che si chiama Belloir, sì... Il padre faceva il medico nel nostro quartiere... Il figlio studiava... Ma era gente "su", che neanche mi guardava...».

«E gli altri?...».

«Il nome Van Damme l'ho già sentito... Mi sembra che in rue de la Cathédrale ci fosse una grande drogheria con quel nome... Ma ormai sono cose di tanto tempo fa!...».

E dopo una breve esitazione Armand Lecocq d'Arneville soggiunse:

«Potrò vedere la salma di Jean?... L'hanno riportata qui?...».

«Arriverà a Parigi domani...».

«È sicuro che si sia veramente ucciso?...».

Maigret voltò la testa dall'altra parte, imbarazzato all'idea di esserne più che sicuro, all'idea di avere assistito alla tragedia e di averla inconsapevolmente provocata.

Torcendo il berretto fra le mani e appoggiandosi ora su una gamba ora sull'altra, il suo interlocutore aspettava di essere congedato. E i suoi occhi infossati nelle orbite, le pupille simili a due coriandoli grigi sperduti fra le palpebre esangui rammentavano talmente gli occhi umili e ansiosi del viaggiatore di Neuschanz, che Maigret si sentì stringere il cuore da qualcosa che assomigliava a un rimorso.

6
GLI IMPICCATI

Erano le nove di sera. Maigret si trovava a casa, in boulevard Richard-Lenoir, senza colletto, senza giacca, e sua moglie era intenta a cucire, quando entrò Lucas. Scrollò le spalle inzuppate dalla pioggia che cadeva a catinelle e disse:

«Il nostro uomo è partito. Non sapevo se dovevo seguirlo all'estero, e allora...».

«Liegi?...».

«Esatto! È già al corrente? Aveva i bagagli all'Hôtel du Louvre. Ha cenato, si è cambiato e ha preso il rapido delle venti e diciannove per Liegi... Biglietto di prima, solo andata... All'edicola della stazione ha comprato una pila così di giornali illustrati!...».

«Sembra che lo faccia apposta, a venirmi tra i piedi!» brontolò il commissario. «A Brema, non so neanche che esiste e lui si presenta all'obitorio, mi invita a pranzo e mi si attacca alle costole... Arrivo a Parigi: qualche ora prima o qualche ora dopo, arriva anche lui... Qualche ora prima, probabilmente, perché ha viaggiato in aereo... Vado a Reims e lui mi precede... Un'ora fa decido di andare a Liegi domani, e lui stasera si trova già lì!... Il bello è che sa perfettamente che sto arrivando e che la sua presenza in quella città è quasi una prova a suo carico!...».

Lucas, che non sapeva niente del caso, azzardò un'ipotesi:

«Forse vuole attirare i sospetti su di sé per salvare qualcun altro...».

«Si tratta di un delitto?» domandò pacatamente la signora Maigret senza smettere di cucire.

Ma il marito si alzò sospirando e guardò la poltrona nella quale, un attimo prima, era seduto tanto comodamente.

«A che ora c'è un altro treno per il Belgio?».

«Ormai c'è solo quello della notte, alle ventuno e cinquanta. Arriva a Liegi verso le sei del mattino...».

«Mi prepari la valigia, per favore?» disse il commissario alla moglie. «Un bicchierino, Lucas?... Serviti pure!... Sai dove trovarlo... Ho appena ricevuto un liquore di prugne fatto personalmente da mia cognata, in Alsazia... È la bottiglia con il collo lungo...».

Si vestì, tolse dalla valigia di fibra gialla il «completo B» e lo mise, bene incartato, nella borsa da viaggio. Una mezz'ora più tardi usciva insieme a Lucas. Mentre aspettavano il taxi, Lucas domandò:

«Di che cosa si tratta?... In centrale non ne ho sentito parlare...».

«E io non ne so molto di più!» affermò il commissario. «Uno strano ragazzo è morto davanti ai miei occhi, stupidamente, e da questo è nato tutto un guazzabuglio che sto tentando di sbrogliare... Ormai ci sono dentro fino al collo e non mi stupirei se finissi per prendermi una bacchettata sulle dita... Ecco un taxi... Ti lascio in centro?...».

Erano le otto del mattino quando Maigret uscì dall'Hôtel du Chemin-de-Fer, situato di fronte alla Gare des Guillemins, a Liegi. Aveva fatto un bagno, si era rasato e sotto il braccio portava un pacco. Dentro c'era la giacca del «completo B».

Trovò rue Haute-Sauvenière, una strada in pendenza, molto animata, e chiese del sarto Morcel. Arrivò a una casa male illuminata, nella quale un uomo in maniche di camicia prese la giacca e se la rigirò a lungo tra le mani seguitando a far domande.

«È un indumento vecchissimo!» affermò dopo aver riflettuto. «È strappato. Non se ne può ricavare più niente...».

«Le ricorda qualcosa?».

«No, assolutamente... Il collo è tagliato male... Si tratta di finto panno inglese, fabbricato a Verviers...».

E l'uomo cominciò a chiacchierare.

«Lei è francese?... La giacca appartiene a qualcuno di sua conoscenza?».

Maigret sospirò e si riprese la giacca, mentre il suo interlocutore non smetteva di parlare e finiva là dove avrebbe dovuto cominciare:

«Capirà, io mi sono trasferito qui solo sei mesi fa... Se fossi stato io a fare questo vestito, non avrebbero avuto il tempo di consumarlo...».

«E il signor Morcel?».

«A Robermont!».

«È lontano da qui?».

Il sarto rise, divertito dall'equivoco, e spiegò:

«Robermont è il cimitero... Il signor Morcel è morto all'inizio dell'anno e sono io che ho rilevato la sartoria...».

Maigret si ritrovò in strada, con il suo pacco sotto il braccio. Raggiunse rue en Hors-Château, una delle vie più antiche della città dove, in fondo a un cortile, una targa di zinco recava la scritta:

Fotoincisione La Centrale
Jef Lombard
Lavori rapidi di ogni genere

Le finestre, in stile vecchia Liegi, erano a piccoli riquadri. In mezzo all'acciottolato irregolare del cortile si ergeva una fontana su cui era scolpito lo stemma di un'antica casata.

Il commissario suonò. Udì i passi di qualcuno che scendeva dal primo piano e l'uscio venne socchiuso da una vecchia, che gli indicò una porta a vetri.

«Non deve far altro che spingerla. Il laboratorio è in fondo al corridoio».

Una lunga stanza, rischiarata da una vetrata, nella quale due uomini in camice blu si aggiravano in mezzo a lastre di zinco e a bacinelle piene di acidi, mentre il pavimento era costellato di stamponi di cliché e di fogli di carta macchiati di inchiostro grasso.

Le pareti erano tappezzate da manifesti e da copertine di giornali illustrati.

«Il signor Lombard?...».

«È nell'ufficio, con un signore... Passi di qui... Faccia attenzione a non sporcarsi!... Giri a sinistra... È la prima porta...».

Quegli stabili dovevano essere stati costruiti un pezzo alla volta. Si salivano e si scendevano scalini. C'erano porte che si aprivano su stanze abbandonate.

Era un ambiente arcaico e insieme stranamente bonario, di una bonarietà che del resto si ritrovava nella vecchia che per prima aveva accolto Maigret, e negli operai.

Giunto in un corridoio male illuminato, il commissario udì degli scoppi di voce, credette di riconoscere il timbro di Joseph Van Damme e cercò di capire le parole. Ma erano troppo confuse. Fece ancora qualche passo e allora le voci tacquero. Attraverso lo spiraglio di una porta si sporse una testa: quella di Jef Lombard.

«Cerca me?» gridò questi senza riconoscere il visitatore in penombra.

L'ufficio era una stanza più piccola delle altre, arredata con un tavolo, due sedie e degli scaffali carichi di cliché. Sul tavolo in disordine si vedevano fatture, opuscoli pubblicitari, lettere con l'intestazione di varie aziende commerciali.

Van Damme era seduto su un angolo della scrivania e, dopo aver rivolto a Maigret un vago cenno del capo, restò immobile, guardando diritto davanti a sé con aria accigliata.

Jef Lombard era in tenuta da lavoro, con le mani sporche e la faccia picchiettata di macchie nere.

«Desidera?...».

Sgombrò una sedia dalle carte, la sospinse verso il visitatore e cercò il mozzicone di sigaretta che aveva appoggiato su uno scaffale dove il legno cominciava a bruciare.

«Una semplice informazione» disse il commissario senza sedersi. «Chiedo scusa se la disturbo. Vorrei sapere se qualche anno fa lei ha conosciuto un certo Jean Lecocq d'Arneville...».

Nell'aria passò una specie di scossa elettrica. Van Damme trasalì, ma evitò di girarsi verso Maigret. Quanto al fotoincisore, si chinò con un gesto brusco a raccogliere da terra un foglio di carta spiegazzato.

«Ho già... credo di aver già sentito questo nome...» mormorò. «È... è qualcuno di Liegi, vero?».

Era pallido. Prese una pila di cliché e la spostò.

«Non so che cosa ne sia stato... È... è passato tanto tempo!...».

«Jef!... Presto, Jef!...».

Era una voce di donna, nel dedalo dei corridoi. Una donna che correva, trafelata, e che si fermò davanti alla porta aperta: era tanto agitata che le tremavano le gambe e doveva asciugarsi il sudore con un angolo del grembiule. Maigret riconobbe la vecchia che l'aveva ricevuto.

«Jef!...».

E quello, pallido per l'emozione, con gli occhi che gli brillavano:

«Allora?...».

«Una femmina!... Presto!...».

L'uomo si guardò attorno, balbettò qualcosa di incomprensibile e si precipitò fuori di corsa.

Gli altri due rimasero soli. Van Damme tirò fuori di tasca un sigaro, lo accese lentamente e schiacciò il fiammifero con il piede. Aveva la stessa espressione dura della sera precedente, la stessa piega delle labbra, e le mascelle gli si contraevano alla stessa maniera.

Ma il commissario finse di non accorgersi della sua presenza e, con le mani in tasca e la pipa fra i denti, cominciò a fare il giro dell'ufficio esaminando le pareti.

A malapena si distingueva ancora, qua e là, qualche centimetro di tappezzeria, perché dovunque non c'erano scaffali erano stati appesi disegni, acqueforti, dipinti a olio.

Questi ultimi non avevano cornice. Erano semplici tele montate su un supporto, paesaggi dipinti con una certa imperizia, in cui l'erba e il fogliame degli alberi erano del medesimo verde corposo.

Qualche caricatura, firmata «Jef», talora ravvivata ad acquarello, talora ritagliata da un giornale locale.

Ma ciò che colpiva Maigret era l'abbondanza di disegni di un altro genere, tutte variazioni su un medesimo tema. La carta era ingiallita. Qualche data permetteva di far risalire a una decina di anni addietro l'epoca in cui quegli schizzi erano stati eseguiti.

Erano di una fattura diversa, infinitamente più romantica, che poteva ricordare la maniera di Gustave Doré imitata da un principiante.

Un primo disegno a penna rappresentava un impiccato che dondolava appeso a una forca sulla quale stava appollaiato un corvo enorme. E l'impiccagione era il leitmotiv di almeno una ventina di opere, a matita, a penna, ad acquaforte.

Degli alberi, al limitare di una foresta, con un impiccato a ogni ramo... Altrove il campanile di una chiesa e, appeso ai due bracci della croce, sotto il gallo, un corpo umano che dondolava...

C'erano impiccati di ogni sorta. Alcuni, vestiti in foggia cinquecentesca, formavano una specie di corte dei miracoli in cui tutti dondolavano a qualche piede da terra...

C'era un impiccato bislacco, in cilindro e marsina, con il bastone da passeggio in mano, la cui forca era un lampione a gas...

Sotto un altro schizzo, alcune righe: quattro versi della *Ballata degli impiccati* di François Villon.

Qualche data. Sempre la stessa epoca! Tutti quei disegni macabri, fatti dieci anni prima, adesso si trovavano accanto a vignette di giornali umoristici, a disegni per almanacchi, a paesaggi delle Ardenne e a manifesti pubblicitari.

Ritornava anche il tema del campanile. E la chiesa nel suo complesso! Vista di fronte, di profilo, dal basso... Il portale da solo... I doccioni... Il sagrato, con i suoi gradini che la prospettiva rendeva immensi...

Sempre la stessa chiesa! E mentre andava da una parete all'altra, Maigret sentiva che Van Damme si agitava, a disagio, tormentato forse dalla stessa tentazione che aveva provato alla chiusa di Luzancy.

Trascorse così un quarto d'ora e Jef Lombard tornò, con gli occhi umidi, scostandosi con la mano una ciocca di capelli spioventi sulla fronte.

«Mi scuserete...» disse. «Mia moglie ha appena partorito... Una femmina...».

C'era una punta di orgoglio nella sua voce ma, mentre parlava, il suo sguardo andava angosciato da Maigret a Van Damme.

«È il terzo figlio... Eppure sono emozionato come la prima volta!... Avete visto mia suocera, che ne ha avuti undici e sta singhiozzando di gioia... È andata ad annunciare la bella notizia agli operai... Voleva portarli a vedere la bimba...».

Seguì con lo sguardo quello di Maigret, fisso sui due impiccati del campanile, e si innervosì ancora di più, finché mormorò con visibile imbarazzo:

«Peccati di gioventù... Proprio niente di buono... Ma allora credevo che sarei diventato un grande artista...».

«È una chiesa di Liegi?...».

Jef non rispose subito. Infine, quasi a malincuore, disse:

«Non esiste più da sette anni... È stata abbattuta per costruirne una nuova... Non era una bella chiesa... Non aveva neppure uno stile preciso... Ma era antica, e c'era qualcosa di misterioso in tutte le sue linee e nelle viuzze che la circondavano... Adesso tutto il quartiere è stato raso al suolo...».

«Come si chiamava?».

«Saint-Pholien... Quella nuova, che sorge al suo posto, porta lo stesso nome...».

Joseph Van Damme si agitava come se tutti i nervi gli facessero male. Un'agitazione interna, tradita solo da movimenti quasi impercettibili, da un'irregolarità del respiro, da un fremito delle dita, da un dondolio della gamba appoggiata sulla scrivania.

«A quell'epoca lei era sposato?» domandò Maigret.

Lombard si mise a ridere.

«Avevo diciannove anni!... Frequentavo l'Accademia... Guardi!...».

E con uno sguardo di nostalgia indicò un ritratto malriuscito, a tinte smorte, nel quale tuttavia lo si riconosceva grazie alla caratteristica irregolarità dei suoi lineamenti. I capelli gli ricadevano sulla nuca. Portava una tunica nera, abbottonata fino al collo, sulla quale si allargava una cravatta a fiocco.

Il quadro era di un acceso romanticismo e non mancava, sullo sfondo, il classico teschio.

«Se mi avessero detto allora che avrei fatto il fotoincisore!...» ironizzò Jef Lombard.

Sembrava che la presenza di Van Damme lo imbarazzasse quanto quella di Maigret. Ma evidentemente non sapeva come congedarli.

Un operaio venne a chiedergli un'informazione a proposito di un cliché che non era pronto.

«Che tornino nel pomeriggio!...».

«A quanto pare è troppo tardi!».

«Peggio per loro! Digli che ho avuto una figlia...».

I suoi occhi, i suoi gesti, il pallore della sua carnagione picchiettata di macchioline d'acido tradivano una confusa mescolanza di gioia, di nervosismo, forse di angoscia.

«Posso permettermi di offrirvi qualcosa?... Andiamo in casa...».

Camminarono tutti e tre lungo il dedalo dei corridoi e varcarono la porta che poco prima la vecchia aveva aperto a Maigret.

Nell'andito c'erano delle mattonelle blu. E vi regnava come un odore di pulito nel quale tuttavia si avvertiva un imprecisato sentore dolciastro, forse il sudaticcio della camera di un malato.

«I due bambini sono a casa di mio cognato... Da questa parte...».

Aprì la porta della sala da pranzo dove i minuscoli vetri delle finestre lasciavano filtrare una luce avara. I mobili erano scuri, con qualche riflesso sugli oggetti di rame posati un po' dappertutto.

Alla parete, un grande ritratto di donna firmato «Jef», piuttosto maldestro, che rivelava tuttavia un evidente impegno nell'idealizzare il modello.

Maigret capì che si trattava della moglie, cercò altrove e, come si aspettava, ritrovò gli impiccati. I meglio riusciti! Quelli che erano stati giudicati degni di essere incorniciati!

«Lo gradite un bicchierino di ginepro?».

Il commissario sentiva pesare su di sé lo sguardo ostile di Joseph Van Damme, che sembrava esasperato da ogni particolare di quel colloquio.

«Poco fa lei diceva di aver conosciuto Jean Lecocq d'Arneville...».

Al piano di sopra, dove c'era probabilmente la camera della puerpera, si udivano dei passi.

«Un lontano conoscente!...» rispose Jef Lombard distrattamente, con l'orecchio teso verso un lieve vagito.

E, alzando il bicchiere:

«Alla salute di mia figlia!... E di mia moglie!...».

Girò la testa, bruscamente, vuotò d'un fiato il bicchiere e, per nascondere il turbamento, andò a cercare nella credenza qualcosa di inesistente; ma il commissario udì ugualmente il secco, sordo rumore di un singhiozzo soffocato.

«Bisogna che salga di sopra... Perdonatemi... Un giorno come questo...».

Van Damme e Maigret non si erano rivolti la parola. Mentre attraversavano il cortile, passando accanto alla fontana, il commissario osservava il compagno con ironia, domandandosi che cosa avrebbe fatto.

Ma, una volta in strada, Van Damme si limitò a toccare la tesa del cappello e ad allontanarsi a grandi passi verso destra.

A Liegi i taxi sono rari. Non conoscendo le linee tranviarie, Maigret rientrò a piedi all'Hôtel du Chemin-de-Fer, pranzò e si mise al corrente leggendo i giornali locali.

Alle due entrò nello stabile del giornale «La Meuse», nel momento esatto in cui Joseph Van Damme ne usciva. I due uomini passarono a un metro l'uno dall'altro senza salutarsi e il commissario borbottò fra sé:

«Continua a precedermi!...».

Si rivolse a un usciere, chiese di consultare la raccolta del giornale, dovette compilare una scheda e aspettare l'autorizzazione di un funzionario.

Era rimasto colpito da alcuni particolari: Armand Lecocq d'Arneville era venuto a sapere che suo fratello aveva lasciato Liegi più o meno all'epoca in cui Jef Lombard disegnava impiccati con morbosa ostinazione.

E il «completo B», che il vagabondo di Neuschanz e di Brema trasportava nella valigia gialla, era molto vecchio: aveva almeno sei anni, diceva l'esperto tedesco – forse dieci!

Del resto, non bastava forse la presenza di Joseph

Van Damme alla «Meuse» a illuminare il commissario?

Maigret venne introdotto in una stanza con il pavimento di legno lucido come una pista di pattinaggio, i mobili sontuosi, solenni, dove un usciere in livrea gli domandò:

«Che annata desidera consultare?».

Maigret aveva già individuato le enormi custodie di cartone, allineate tutt'intorno alla stanza, che contenevano ciascuna un'annata di giornali.

«La troverò da solo...» disse.

Si sentiva odore di cera, di carta vecchia e di lusso ufficiale. Sul tavolo rivestito di finta pelle c'erano leggii destinati ad accogliere gli ingombranti volumi. Era tutto così pulito, così lindo, così austero che il commissario osò appena tirar fuori di tasca la pipa.

Qualche attimo dopo sfogliava, giorno dopo giorno, i quotidiani dell'«anno degli impiccati».

Migliaia di titoli gli sfilavano davanti agli occhi. Alcuni rievocavano gli avvenimenti mondiali. Altri riguardavano fatti locali: l'incendio di un grande magazzino (un'intera pagina per tre giorni di seguito), le dimissioni di un assessore, l'aumento del prezzo dei biglietti del tram.

Improvvisamente, segni di lacerazione lungo la rilegatura. Un giornale – quello del 15 febbraio – era stato strappato.

Maigret si precipitò nell'anticamera e tornò portandosi dietro l'usciere.

«È venuto qualcuno prima di me, non è vero?... E ha chiesto proprio questa raccolta?...».

«Sì... È rimasto qui solo cinque minuti...».

«Lei è di Liegi?... Si ricorda che cosa può essere successo in quella data?...».

«Aspetti... Dieci anni... È l'anno della morte di mia cognata... Ma certo!... Ci fu la grande inondazione!... Tanto che si dovette aspettare otto giorni per l'inumazione, perché nelle strade vicine alla Mosa si circolava solo in barca... Del resto, legga gli articoli... *Il re e la regina visitano i sinistrati*... Ci sono delle foto... To'! Manca un numero!... È strano... Bisognerà che lo segnali al direttore...».

Maigret si chinò per raccogliere un frammento di carta di giornale che era caduto sul pavimento di legno quando, non c'era alcun dubbio, Joseph Van Damme aveva strappato le pagine corrispondenti al 15 febbraio.

7
I TRE

Esistono a Liegi quattro quotidiani. Maigret impiegò due ore a fare il giro delle redazioni e, come si aspettava, in tutte le raccolte trovò che mancava un numero: quello del 15 febbraio.

La vita della città ferveva soprattutto in un quadrilatero di vie che chiamano il Carré, in cui si trovano i negozi di lusso, le grandi birrerie, i cinema e le sale da ballo.

È là che tutti si incontrano e fu là che, per almeno tre volte, il commissario vide Joseph Van Damme che passeggiava con il bastone in mano.

Quando rientrò all'Hôtel du Chemin-de-Fer, lo attendevano due messaggi. In primo luogo, un telegramma di Lucas, che al momento di partire Maigret aveva incaricato di certe incombenze.

«Ceneri trovate in stufa camera Louis Jeunet rue Roquette esaminate da esperto stop Riconosciuti resti banconote belghe et francesi stop Quantità fa supporre forte somma».

L'altro messaggio era una lettera, recapitata in albergo da un fattorino. Era scritta a macchina, sulla carta comune che usano le dattilografe per le copie. Diceva:

«Signor commissario,

«mi pregio di informarLa che sono disposto a fornirLe tutti i chiarimenti utili all'indagine in corso.

«Per certe ragioni sono tenuto a usare prudenza e Le sarei grato, nel caso la mia proposta La interessasse, se volesse trovarsi questa sera, verso le undici, al Café de la Bourse, situato dietro il Théâtre Royal.

«Nell'attesa, La prego di gradire i miei più distinti saluti».

Niente firma. In compenso, alcune formule che, proprio per la loro banalità da lettera commerciale, erano abbastanza inaspettate in un biglietto di quel genere: «mi pregio di informarLa... Le sarei grato... nel caso la mia proposta La interessasse... nell'attesa... i più distinti saluti...».

Maigret cenò seduto a un tavolo da solo e si accorse che, quasi a sua insaputa, il corso delle sue preoccupazioni era mutato. A Jean Lecocq d'Arneville, detto Louis Jeunet, che si era suicidato a Brema, in una stanza d'albergo, ora pensava di meno.

Era invece ossessionato dalle opere di Jef Lombard, da quegli impiccati appesi dappertutto, alla croce di una chiesa, agli alberi di un bosco, al chiodo di un abbaino, impiccati grotteschi o sinistri, con la faccia congestionata o livida, vestiti nelle fogge di tutte le epoche.

Alle dieci e mezzo si incamminò verso il Théâtre Royal, ed erano le undici meno cinque quando spinse la porta del Café de la Bourse, un localino tranquillo, frequentato da clienti abituali e, soprattutto, da gente che giocava a carte.

Lo aspettava una sorpresa. A un tavolo d'angolo, vicino al bancone, sedevano tre uomini: Maurice Belloir, Jef Lombard e Joseph Van Damme.

Ci fu da entrambe le parti un momento di esitazione mentre il cameriere aiutava il commissario a togliersi il cappotto. Istintivamente, Belloir fece l'atto di alzarsi per salutare. Van Damme non si mosse. Lombard, la cui faccia esprimeva un nervosismo inaudito, si agitò sulla sedia aspettando che i compagni decidessero che contegno tenere.

Maigret si sarebbe avvicinato? Avrebbe teso loro la mano? Si sarebbe seduto al loro tavolo? Li conosceva. Con l'uomo d'affari di Brema aveva pranzato. Belloir gli aveva offerto un bicchierino di acquavite, a casa sua, a Reims... E Jef lo aveva ricevuto quella mattina stessa...

«Buonasera, signori...».

Il commissario strinse loro la mano con il vigore che metteva sempre in quel gesto e che, in certi momenti, assumeva un significato minaccioso.

«Che coincidenza incontrarvi di nuovo!».

C'era un posto libero accanto a Van Damme; Maigret vi si lasciò cadere e ordinò:

«Una birra chiara!».

Poi fu il silenzio, un silenzio pesante, imbarazzato. Van Damme guardava fisso davanti a sé, con le mascelle contratte. Jef Lombard seguitava ad agitarsi come se un vestito troppo stretto gli impedisse i movimenti. Belloir, freddo e impeccabile, si contemplava le unghie, poi passò l'estremità di un fiammifero sotto quella dell'indice dove si era insinuata un po' di polvere.

«La signora Lombard sta bene?...».

Jef si guardò intorno, come per trovare un punto d'appoggio, e fissando la stufa balbettò:

«Benissimo... Grazie...».

Sopra il bancone c'era un orologio, e Maigret contò cinque minuti buoni senza che venisse pronunciata una parola. Van Damme aveva lasciato spegnere il sigaro ed era l'unico che consentisse ai propri lineamenti di esprimere un odio non dissimulato.

Jef era il più interessante da osservare. Gli avvenimenti della giornata avevano probabilmente contribuito a mettergli i nervi allo scoperto. E non c'era muscolo del suo viso, per quanto piccolo, che non trasalisse.

Nel caffè, dove tutti parlavano a voce alta, il tavolo dei quattro uomini era una vera e propria oasi di silenzio.

«Briscola!» annunciava trionfante qualcuno sulla destra.

«Un re!» azzardava esitante un ometto sulla sinistra. «Va bene?».

«Tre birre! Tre!...» gridava il cameriere.

E ogni cosa viveva, vibrava, fuorché il tavolo dei quattro uomini, attorno al quale sembrava a poco a poco innalzarsi un muro invisibile.

Fu Jef a rompere l'incantesimo. Improvvisamente, dopo essersi morso il labbro inferiore, si alzò balbettando:

«Alla malora!...».

Lanciò ai compagni uno sguardo breve, penetrante, doloroso, staccò dal gancio cappotto e cappello, si diresse verso la porta e la aprì con violenza.

«Scommetto che appena si ritroverà in strada da solo scoppierà in singhiozzi» fece Maigret sovrappensiero.

Lo aveva sentito, quel singhiozzo di rabbia, di disperazione, che saliva in gola al fotoincisore e gli faceva vibrare il pomo d'Adamo.

Si girò verso Van Damme che contemplava il marmo del tavolo, mandò giù metà della sua birra e si asciugò le labbra con il dorso della mano.

Era, dieci volte più concentrata, l'atmosfera della casa di Reims, nella quale Maigret aveva già imposto la propria presenza agli stessi personaggi. E la mole del commissario contribuiva a dare a quella presenza forzata un significato minaccioso.

Era grande e grosso, soprattutto grosso, tarchiato, solido, e i suoi vestiti privi di ricercatezza sottolineavano quanto vi era di plebeo nella sua struttura. Un volto massiccio, nel quale gli occhi erano capaci di mantenere una fissità bovina.

Assomigliava a certi personaggi che popolano gli incubi infantili, a quelle figure mostruosamente ingigantite e senza espressione che avanzano verso chi dorme come per schiacciarlo con il loro peso.

Qualcosa di implacabile, di inumano, che evocava un pachiderma in marcia verso una meta dalla quale niente possa distoglierlo.

Maigret beveva, fumava la pipa e guardava con soddisfazione la lancetta dell'orologio sopra il bancone che a ogni minuto faceva un balzo in avanti, con uno scatto metallico. Un orologio lugubre!

Pareva non occuparsi di nessuno, eppure spiava le minime manifestazioni di vita alla sua destra e alla sua sinistra.

Fu una delle ore più straordinarie della sua carriera. Perché la cosa andò avanti per quasi un'ora! Cinquantadue minuti, per l'esattezza! Una lotta di nervi!

Jef Lombard era stato messo fuori combattimento fin dall'inizio. Ma gli altri due tenevano duro.

Lui era là, in mezzo a loro, come un giudice, ma un giudice che non accusava nessuno e di cui non si riusciva a indovinare il pensiero. Che cosa sapeva? Perché era venuto? Che cosa sperava? Aspettava forse una parola, un gesto, capaci di dar corpo ai suoi sospetti? Aveva già scoperto tutta la verità, oppure la sicurezza che ostentava era solo un bluff?

E poi, quali parole pronunciare? Parlare ancora di coincidenza, di incontro fortuito?

Silenzio. Aspettavano senza neanche avere il presentimento di che cosa aspettassero. Aspettavano qualcosa, e non succedeva niente!

A ogni minuto la lancetta dell'orologio aveva un fremito. Il meccanismo emetteva un lieve cigolio. All'inizio, era passato inavvertito. Adesso, sembrava un frastuono. Il movimento poteva perfino essere scomposto in tre tempi: un primo scatto; la lancetta che si metteva in marcia; poi ancora uno scatto, come per fissarla nella sua nuova posizione. E l'orologio cambiava aspetto; l'angolo ottuso diventava a poco a poco un angolo acuto. Di lì a poco le due lancette si sarebbero ricongiunte.

Il cameriere lanciava sguardi stupefatti verso quel lugubre tavolo. Ogni tanto Maurice Belloir deglutiva, e Maigret non aveva bisogno di vederlo per esserne certo. Lo sentiva vivere, respirare, contrarsi, spostare talvolta le suole sul pavimento strisciandole con precauzione, come si fa in chiesa.

I clienti si diradavano. I tappeti rossi e le carte sparivano dai tavoli, che tornavano a mostrare il pallore del marmo. Il cameriere uscì per chiudere gli scuri, mentre la padrona disponeva i gettoni in tante piccole pile, a seconda del loro valore.

«Voi restate?...» domandò infine Belloir con una voce il cui timbro era appena riconoscibile.

«E tu?...».

«Io... non so...».

Allora Van Damme batté una moneta sul tavolo e chiese al cameriere:

«Quanto fa?...».

«Tutto?... Nove franchi e settantacinque...».

Erano tutti e tre in piedi, ed evitavano di guardarsi. Il cameriere li aiutò uno alla volta a infilarsi il soprabito.

«Buonanotte, signori...».

Fuori c'era nebbia, e a fatica si distingueva il chiarore dei lampioni. Tutte le persiane erano chiuse. Da qualche parte, in lontananza, dei passi risuonavano sul marciapiede.

Esitarono un attimo sulla direzione da prendere. Nessuno dei tre uomini si assumeva la responsabilità di andare avanti. Alle loro spalle, la porta del caffè veniva chiusa a chiave e sprangata.

A sinistra, si apriva una viuzza fiancheggiata da vecchie case, con le facciate allineate in maniera irregolare.

«Ebbene, signori,» disse infine Maigret «non mi resta che augurarvi la buonanotte...».

La mano di Belloir, che Maigret strinse per prima, era fredda, nervosa. Quella che Van Damme gli tese a malincuore era molle e sudaticcia.

Il commissario si rialzò il bavero del cappotto, diede qualche colpetto di tosse e si mise a camminare, solo, per la via deserta. Con tutte le sue facoltà tese verso un unico scopo: percepire anche il più piccolo rumore, il più lieve fremito dell'aria che lo avvertisse del pericolo.

La mano destra stringeva, in tasca, il calcio di una rivoltella. Gli sembrò che, nel reticolo di viuzze che si stendeva alla sua sinistra, racchiuso nel centro di Liegi come un'isola di lebbrosi, alcune persone camminassero a passi precipitosi cercando di non far rumore.

Percepì il brusio di una conversazione a bassa voce, molto distante o molto vicino, non avrebbe saputo dirlo, a causa della nebbia che lo disorientava.

E bruscamente si buttò di lato appiattendosi contro una porta mentre si udiva il rumore secco di una detonazione e qualcuno, nella notte, correva a gambe levate.

Allora Maigret fece qualche passo in avanti e affondò lo sguardo nella viuzza dalla quale avevano sparato, ma non vide altro che macchie più scure là dove probabilmente sboccava qualche vicolo cieco, e in fondo, a duecento metri, il globo di vetro smerigliato che serviva da insegna a una rivendita di patatine fritte.

Qualche attimo dopo passava davanti al negozio, dal quale usciva una ragazza con un cartoccio di patatine dorate. La ragazza lanciò, poco convinta, un invito a Maigret e si diresse verso una strada più illuminata.

Maigret scriveva con calma, calcando la penna sulla carta con l'indice enorme, e di tanto in tanto pigiava la cenere calda nella pipa.

Era comodamente seduto nella sua camera dell'Hôtel du Chemin-de-Fer e l'orologio luminoso della stazione, visibile dalla finestra, segnava le due del mattino.

«Caro Lucas,

«dato che non si sa che cosa può succedere, ti do qui di seguito qualche indicazione che ti consentirà, all'occorrenza, di proseguire l'inchiesta da me iniziata.

«1. La settimana scorsa, a Bruxelles, un uomo malvestito, con l'aria del vagabondo, spedisce un pacchetto con dentro trenta banconote da mille franchi al proprio indirizzo, in rue de la Roquette, a Parigi. Dall'inchiesta verrà fuori che l'uomo si è spedito spesso somme altrettanto ingenti *che non utilizzava.* Prova ne sia che nella sua camera vengono ritrovate le ceneri di parecchie banconote bruciate intenzionalmente.

«L'uomo vive sotto il nome di Louis Jeunet e lavora più o meno regolarmente in un'officina della stessa via.

«È stato sposato (vedere la signora Jeunet, erborista, rue Picpus) e ha un figlio. Ma ha lasciato moglie e figlio in circostanze inquietanti, dopo alcune crisi di alcolismo acuto.

«A Bruxelles, una volta spedito il denaro, compra una valigia per metterci alcuni effetti che tiene in una camera d'albergo. Questa valigia, mentre l'uomo è in viaggio per Brema, viene da me sostituita con un'altra.

«E Jeunet, *che non sembra aver pensato prima di allora al suicidio e che si è procurato di che cenare,* accorgendosi che i suoi effetti gli sono stati sottratti si uccide.

«Questi consistono in un vecchio vestito che non gli appartiene e che, anni prima, è stato strappato apparentemente nel corso di una lotta e inondato di sangue. Il vestito *è stato confezionato a Liegi.*

«A Brema, un uomo viene a vedere il cadavere; è un certo Joseph Van Damme, rappresentante di commercio, *nato a Liegi.*

«A Parigi, vengo a sapere che Louis Jeunet è in realtà Jean Lecocq d'Arneville, *nato a Liegi*, del quale non si hanno più notizie da lungo tempo. Ha proseguito gli studi fino all'università. A Liegi, da dove è scomparso circa dieci anni fa, non risulta niente a suo carico.

«2. A Reims hanno visto Jean Lecocq d'Arneville, prima della sua partenza per Bruxelles, entrare nottetempo in casa di Maurice Belloir, vicedirettore di banca, *nato a Liegi*, il quale nega questo incontro.

«*Ma i trentamila franchi spediti da Bruxelles provengono dallo stesso Belloir.*

«A casa di quest'ultimo incontro: Van Damme, arrivato in aereo da Brema, Jef Lombard, fotoincisore *a Liegi*, e Gaston Janin, nato anche lui *in quella città.*

«Mentre rientro a Parigi in compagnia di Van Damme, questi tenta di buttarmi nella Marna.

«E ritrovo Van Damme *a Liegi*, da Jef Lombard. Costui, all'incirca dieci anni fa, si dedicava alla pittura, e le pareti della sua casa sono ricoperte di disegni che rappresentano degli impiccati, tutti risalenti a quell'epoca.

«Nelle redazioni dei giornali, dove mi reco, i numeri del 15 febbraio dell'anno degli impiccati sono stati strappati e portati via da Van Damme.

«La sera, una lettera anonima mi promette rivelazioni esaurienti e mi dà appuntamento in un caffè della città. Qui trovo non uno ma tre uomini: Belloir (giunto da Reims), Van Damme e Jef Lombard.

«Mi accolgono con imbarazzo. Sono convinto che uno di loro tre sia l'uomo che ha deciso di parlare. Gli altri sembrano essere là solo per impedirglielo.

«Jef Lombard, innervosito, se ne va bruscamente. Io rimango con gli altri due. Ci separiamo davanti al caffè, a mezzanotte passata, in mezzo alla nebbia, e qualche attimo dopo qualcuno mi spara addosso.

«Ne deduco che uno dei tre volesse parlare e che sia stato ancora uno dei tre a tentare di sopprimermi.

«E poiché quest'ultimo gesto equivale a una confessione, è evidente che *al suo autore non rimane altro che riprovarci e non mancarmi.*

«Ma qual è dei tre? Belloir, Van Damme, Jef Lombard?

«Lo saprò quando ci riproverà. Siccome può capitare un incidente, ti mando per ogni evenienza questi appunti che ti consentiranno di riprendere l'inchiesta dall'inizio.

«Per il lato morale del caso, vedi in particolare la signora Jeunet e Armand Lecocq d'Arneville, fratello del morto.

«Adesso vado a coricarmi. Salutami tutti quanti.

Maigret».

La nebbia si era dissipata lasciando perle di gelo sugli alberi e su ogni filo d'erba dello square d'Avroy, che Maigret stava attraversando.

Nel cielo di un pallido azzurro riluceva un sole infreddolito, e la brina, di minuto in minuto, si trasformava in goccioline d'acqua che cadevano, limpide, sulla ghiaia.

Erano le otto del mattino quando il commissario si addentrò a grandi passi nel Carré ancora deserto. I cartelloni dei cinema erano appoggiati contro le imposte chiuse.

Maigret si fermò davanti a una cassetta postale, vi lasciò cadere la lettera per il brigadiere Lucas e si guardò intorno con una punta di emozione.

In quella stessa città, in quelle strade inondate di biondo sole, un uomo, in quello stesso momento, pensava a lui, e quell'uomo non aveva altra possibilità di salvarsi che ucciderlo. Nei confronti del commissario aveva il vantaggio di conoscere il terreno, cosa di cui aveva dato prova la notte precedente sgattaiolando in quei vicoli inestricabili.

E poi conosceva Maigret, anzi forse lo stava guardando, in quello stesso istante, mentre il commissario ignorava la sua identità.

Era Jef Lombard? Il pericolo si annidava dunque nella vecchia casa di rue en Hors-Châteaux dove al primo piano una puerpera dormiva, vegliata da quella brava donna di sua madre, mentre alcuni operai andavano svogliati da un bagno d'acido all'altro, sollecitati dai fattorini dei giornali?

O non era per caso Joseph Van Damme, cupo e scontroso, audace, intrigante, ad aspettare adesso il commissario *là dove sapeva che avrebbe finito per andare*?

Perché quell'uomo aveva previsto ogni cosa fin da Brema! Tre righe sui giornali tedeschi ed era accorso all'obitorio! Un pranzo con Maigret ed era arrivato a Reims prima del poliziotto!

E per primo era andato in rue en Hors-Châteaux! E aveva preceduto l'investigatore nelle redazioni dei giornali!

E per finire era al Café de la Bourse!

Vero è che non c'erano prove che non fosse lui l'uomo deciso a parlare. Ma non c'era neppure niente che provasse il contrario!

O forse era stato Belloir, freddo, impeccabile, con la sua boria di ricco borghese di provincia, a sparare nella nebbia. Forse era lui che non aveva ormai altra risorsa se non quella di accoppare Maigret!

Oppure era Gaston Janin, il piccolo scultore con la barbetta! Al Café de la Bourse non c'era, ma poteva darsi che fosse in agguato per strada!

Che rapporto aveva tutto ciò con un uomo impiccato alla croce di una chiesa? Con tanti, tantissimi impiccati? Con foreste dove sugli alberi c'erano come frutti soltanto impiccati? Con un vecchio abito macchiato di sangue i cui risvolti erano stati sfilacciati da unghiate furibonde?...

Qualche dattilografa andava al lavoro. Una spazzatrice municipale procedeva al rallentatore, con il suo duplice getto meccanico e la scopa a forma di rullo che spingeva i rifiuti nel canale di scolo.

Agli angoli delle strade, i vigili urbani esibivano i caschi di candido smalto e dirigevano il traffico con le braccia inguainate di bianco.

«Il commissariato centrale?» s'informò Maigret.

Gli indicarono la strada. Quando vi giunse, le donne delle pulizie erano ancora intente al loro lavoro, ma un segretario gioviale lo ricevette riconoscendo in lui il collega, e quando il commissario chiese di vedere alcuni verbali vecchi di dieci anni, precisando che a interessarlo era il mese di febbraio, esclamò:

«Lei è il secondo in ventiquattr'ore!... Vuole sapere se a quell'epoca una tale Joséphine Bollant ha effettivamente commesso un furto in una casa, non è vero?...».

«È venuto qualcuno?...».

«Ieri pomeriggio, verso le cinque... Uno di Liegi, che si è fatto una bella posizione all'estero, benché sia ancora molto giovane!... Suo padre era medico... Lui ha un'avviata impresa commerciale in Germania...».

«Joseph Van Damme?».

«Esatto!... Ma ha avuto un bel frugare nell'incartamento, non ha trovato quello che cercava...».

«Vuole mostrarmi quell'incartamento?».

Era un classificatore verde, nel quale venivano raccolti i rapporti giornalieri, che portavano tutti un numero progressivo. Alla data del 15 febbraio, c'erano cinque verbali: due per ubriachezza e schiamazzi notturni, uno per taccheggio, uno per percosse e lesioni e, da ultimo, uno per violazione di un'area recintata e furto di conigli.

Maigret non li lesse nemmeno. Guardava i numeri scritti in testa ai fogli.

«Il signor Van Damme ha consultato il libro personalmente?» domandò.

«Sì... Si è seduto nell'ufficio qui accanto...».

«La ringrazio!».

I cinque verbali recavano i numeri: 237, 238, 239, 241 e 242.

In altre parole, ne mancava uno, il 240, che era stato strappato, come erano stati strappati i giornali dalle raccolte.

Qualche minuto più tardi, Maigret si ritrovò nella piazza dietro il Municipio, dove stavano arrivando le automobili di un corteo nuziale. E, suo malgrado, tendeva l'orecchio a ogni minimo rumore, in preda a una sottile angoscia che gli piaceva poco.

8
IL PICCOLO KLEIN

Fece appena appena in tempo! Erano le nove. Gli impiegati arrivavano in Municipio, attraversavano il cortile d'onore e si fermavano un momento a scambiarsi una stretta di mano su una bella scalinata di pietra in cima alla quale un portiere col berretto gallonato e la barba curata fumava la pipa.

Era una pipa di schiuma. Maigret notò il particolare senza un motivo preciso, forse perché il sole mattutino vi accendeva un riflesso, perché la pipa era già ingrommata e perché per un attimo invidiò l'uomo che fumava a piccole boccate voluttuose e stava là come un simbolo della pace e della gioia di vivere.

Quella mattina, infatti, l'aria vibrava, e tanto più vibrava quanto più il sole era alto nel cielo. E si avvertiva una gustosa cacofonia fatta di grida in dialetto vallone, dello stridulo scampanellare dei tram rossi e gialli e del quadruplice zampillo di una fontana monumentale, dominata dal celebre Perron di Liegi, che tentava di sovrastare il frastuono del vicino mercato.

Proprio mentre percorreva lo scalone a due rampe, Maigret vide passare Joseph Van Damme, che scomparve nell'atrio del Municipio.

Il commissario gli si lanciò alle calcagna. Anche all'interno dell'edificio le scale erano a due rampe, che a ogni piano si ricongiungevano. Su un pianerottolo, i due uomini si ritrovarono faccia a faccia, ansimando per la corsa e sforzandosi di sembrare naturali a un usciere in livrea.

Fu un lampo. Una questione di tempismo, di frazioni di secondo.

Il tempo di salire lo scalone era stato sufficiente perché Maigret realizzasse che Van Damme veniva lì, come già era andato nelle redazioni dei giornali e al commissariato, unicamente per far sparire qualcosa. Già era stato strappato uno dei verbali del 15 febbraio.

Ma la polizia non trasmetteva forse ogni mattina al sindaco, come si usa nella maggior parte delle città, una copia dei rapporti giornalieri?

«Vorrei vedere il segretario comunale» disse Maigret, a due metri da Van Damme. «È urgente...».

I loro sguardi si incrociarono. Incerti se salutarsi, non lo fecero, e l'uomo d'affari, a sua volta interpellato dall'usciere, si limitò a rispondere:

«Niente... Tornerò...».

Se ne andò. Si udì il rumore dei suoi passi affievolirsi giù nell'atrio. Pochi minuti dopo, Maigret veniva introdotto in un ufficio sontuoso dove il segretario, irrigidito dalla giacca e da un solino troppo alto, si adoperò attivamente per ritrovare i rapporti giornalieri di dieci anni prima.

L'aria era tiepida, i tappeti soffici. Un raggio di sole faceva brillare il pastorale di un vescovo in un quadro di soggetto storico che occupava un intero tratto di parete.

Dopo una mezz'ora di ricerche e di convenevoli, Maigret ritrovò menzionati il furto di conigli, il verbale della denuncia per ubriachezza, il taccheggio. E, tra due fatti di cronaca, le seguenti righe:

«L'agente Lagasse, della 6ª Divisione, stava recandosi questa mattina alle sei al Pont des Arches per iniziare il suo turno di guardia quando, passando davanti al portale della chiesa di Saint-Pholien, ha visto un corpo appeso a un battente della porta.

«Un medico convocato d'urgenza ha potuto solo constatare la morte dell'individuo, certo Émile Klein, vent'anni, nato ad Angleur, imbianchino, domiciliato in rue du Pot-au-Noir.

«Klein si è impiccato, verosimilmente, intorno alla mezzanotte, con un cordone da tende. Nelle sue tasche sono stati rinvenuti solo oggetti senza valore e qualche spicciolo.

«Gli inquirenti hanno appurato che da tre mesi l'uomo non aveva più un lavoro regolare e che all'origine del gesto ci sarebbe l'indigenza.

«La madre, vedova Klein, che abita ad Angleur e vive di una modesta pensione, è stata avvertita».

Seguirono ore febbrili. Maigret si gettò a corpo morto sulla nuova traccia. E tuttavia, senza rendersene pienamente conto, più che informazioni su quel tale Klein stava cercando un incontro con Van Damme.

Perché solo allora, quando si fosse nuovamente trovato di fronte l'uomo d'affari, si sarebbe avvicinato alla verità. Non era cominciato tutto a Brema? Ed era vero o no che da quel momento, ogni volta che segnava un punto a suo favore, il commissario si imbatteva in Van Damme?

Questi l'aveva visto al Municipio, sapeva che il commissario aveva letto il rapporto, che era sulla pista Klein.

Ad Angleur, niente! Maigret aveva preso un taxi che si era addentrato in una zona industriale dove tante casupole di operai, tutte identiche, tutte del medesimo grigio fuliggine, formavano povere strade ai piedi delle ciminiere delle fabbriche.

Una donna stava lavando la soglia di una di queste case, quella in cui aveva abitato la signora Klein.

«Sono almeno cinque anni che è morta...».

La sagoma di Van Damme non si aggirava da quelle parti.

«Suo figlio non viveva con lei?».

«No! E ha fatto una brutta fine... Si è ammazzato, sulla porta di una chiesa...».

Tutto qui. Maigret venne solo a sapere che Klein padre era stato caposquadra in una miniera di carbone e che dopo la sua morte la moglie era vissuta di una piccola pensione accontentandosi di occupare un abbaino nella casa che subaffittava.

«Alla 6ª Divisione di polizia!» ordinò Maigret al tassista.

L'agente Lagasse, invece, era ancora vivo. Ma ricordava a stento.

«Aveva piovuto tutta la notte... Era bagnato fradicio e aveva i capelli rossi incollati alla faccia...».

«Era alto?... Basso?...».

«Piuttosto basso...».

Allora il commissario si rivolse alla gendarmeria e trascorse quasi un'ora in uffici che odoravano di cuoio e di sudore equino.

«Se all'epoca aveva vent'anni, doveva aver passato la visita di leva... Ha detto Klein, con la K?...».

Venne ritrovato il foglio 13, nel fascicolo dei riformati. Maigret ricopiò alcune cifre: «statura: 1,55; torace: 0,80...». E l'indicazione: «polmoni deboli».

Ma Van Damme continuava a non farsi vedere. Bisognava cercare altrove. L'unico risultato delle corse della mattinata era la certezza che il «completo B» non era mai appartenuto all'impiccato di Saint-Pholien, che era uno sgorbio d'uomo.

Klein si era suicidato. Non c'era stata lotta, né era stata versata una goccia di sangue.

Allora, che rapporto c'era con la valigia del vagabondo di Brema e con il gesto di Lecocq d'Arneville, alias Louis Jeunet?

«Mi lasci qui... E mi dica dove si trova rue du Pot-au-Noir...».

«Dietro la chiesa... È quella che sbocca sul quai Sainte-Barbe...».

Giunto di fronte a Saint-Pholien, Maigret aveva pagato il taxi. E ora guardava la chiesa nuova che si innalzava al centro di un vasto terrapieno.

A destra e a sinistra si aprivano viali fiancheggiati da edifici pressappoco della stessa epoca della chiesa. Ma alle spalle di questa sopravviveva un vecchio quartiere che era stato in parte sventrato per fare spazio al tempio.

Nella vetrina di una cartoleria Maigret trovò delle cartoline della vecchia chiesa, più bassa di quella attuale, più tozza, e completamente nera. Un'ala era puntellata da travi di legno. Certe case basse, sordide, si addossavano alle sue mura su tre lati e conferivano all'insieme un aspetto medioevale.

Di quella corte dei miracoli ora non restava che un blocco irregolare di case intersecato da vicoli e strade senza uscita, dove regnava un nauseabondo odore di povertà.

La rue du Pot-au-Noir non arrivava ai due metri di larghezza e nel mezzo vi scorreva un rigagnolo di acqua saponosa. Alcuni ragazzini giocavano sulle soglie delle case, dietro le quali brulicava la vita.

Il vicolo era buio. Benché nel cielo brillasse il sole, la sua luce non penetrava in quel budello. Un bottaio stava cerchiando delle botti direttamente sulla strada, dove aveva acceso un braciere.

I numeri civici erano cancellati. Il commissario dovette informarsi. Quando chiese dove fosse il 7, gli indicarono un vicolo cieco dal quale uscivano rumori di sega e di pialla.

In fondo al vicolo c'era una bottega di falegname, con qualche banco, tre uomini al lavoro, porte spalancate e della colla messa a sciogliersi su una stufa.

Uno degli uomini alzò la testa, posò un mozzicone di sigaretta spenta e aspettò che il visitatore parlasse.

«È qui che abitava un tale di nome Klein?».

L'uomo guardò i compagni con aria di intesa, indicò una porta, una scala buia, e borbottò:

«Lassù!... C'è già qualcuno!...».

«Un nuovo inquilino?...».

La risposta fu uno strano sorriso, che il commissario capì solo più tardi.

«Vada a vedere... Al primo piano... Non può sbagliarsi: c'è soltanto una porta...».

Un operaio rise sommessamente maneggiando la sua pialla. Maigret imboccò la scala, dove l'oscurità era totale. Dopo qualche gradino, la scala finiva.

Strofinò un fiammifero e vide sopra di sé una porta senza serratura né maniglia, che bisognava fermare con uno spago legato a un chiodo arrugginito.

Tenendo la mano nella tasca dove aveva la rivoltella, Maigret spinse la porta col ginocchio e fu abbagliato dalla luce che sgorgava a fiotti da una vetrata a cui mancava un terzo dei vetri.

Lo spettacolo era così inatteso che Maigret rimase un istante a guardarsi intorno senza poter distinguere i particolari. Alla fine, in un angolo, scorse la sagoma di un uomo appoggiato al muro che gli puntava addosso uno sguardo feroce: era Joseph Van Damme.

«Era qui che dovevamo arrivare, non è vero?...» disse il commissario.

E la sua voce, che cadde in un'atmosfera troppo cruda, troppo vuota, ebbe risonanze sorprendenti.

Van Damme non rispose, restò immobile, a fissarlo con astio.

Per capire l'architettura di quel luogo si sarebbe dovuto sapere di quale costruzione – convento, caserma o palazzo signorile – avessero un tempo fatto parte i suoi muri.

Nessuno era in squadra. E se una metà del pavimento era costituita da un impiantito, l'altra metà era ricoperta da lastre irregolari, come in un'antica cappella.

I muri erano intonacati a calce, salvo un rettangolo di mattoni scuri che probabilmente muravano una finestra. Attraverso la vetrata si scorgevano un pignone, una grondaia, e sullo sfondo, dalla parte della Mosa, altri tetti irregolari.

Ma questo era ancora l'aspetto meno sorprendente. Quello più strano era l'arredamento del locale, di un'incoerenza che sfiorava la follia, o la farsa.

Per terra, in disordine, c'erano alcune sedie nuove non ancora ultimate, una porta distesa in tutta la sua lunghezza con un pannello riparato, vasi di colla da falegname, seghe rotte e casse che lasciavano fuoriuscire paglia o trucioli.

In compenso, in un angolo, c'era una specie di divano, o piuttosto un cassone a molle, parzialmente ricoperto da uno scampolo di tela indiana. E, proprio sopra il divano, era appesa una lanterna sbilenca, con i vetri colorati, come se ne trovano a volte nelle botteghe dei rigattieri.

Sul divano erano stati buttati i pezzi staccati di uno scheletro incompleto, del genere di quelli che usano gli studenti di medicina. Le costole e il bacino erano ancora tenuti assieme da ganci e si piegavano in avanti con la mossa tipica delle bambole di pezza.

E poi c'erano i muri! Muri bianchi che erano stati ricoperti di disegni, persino di affreschi, i quali creavano nell'insieme il disordine più stravagante: c'erano personaggi che facevano smorfie grottesche, e vi si leggevano iscrizioni di questo tenore: «Viva Satana, il progenitore del mondo!».

Per terra, una Bibbia con il dorso rotto, e più in là schizzi accartocciati, fogli ingialliti, ricoperti da uno spesso strato di polvere.

Sopra la porta un'altra iscrizione: «Benvenuti fra i dannati!».

E, in mezzo a questo guazzabuglio, le sedie non ancora ultimate che odoravano di falegnameria, i vasi di colla, le assi di abete grezzo! E una stufa rovesciata, rossa di ruggine.

Per finire, Joseph Van Damme, col suo cappotto di buon taglio, il viso curato, le scarpe impeccabili, Van Damme che restava malgrado tutto l'uomo delle birrerie di Brema, dell'ufficio moderno in un grande edificio, delle cene raffinate, dei bicchieri di armagnac invecchiato...

... Van Damme che, al volante della sua auto, salutava i notabili della città, e spiegava come quel passante impellicciato fosse ricco a milioni, e come quell'altro possedesse trenta mercantili in navigazione – e che, un po' più tardi, accompagnato dalla musica in sordina e dal rumore di tazze e bicchieri, andava a stringere la mano a tutti quei magnati, certo ormai di essere quasi un loro pari...

... Van Damme che ora, all'improvviso, aveva l'aria di un animale braccato, e non si muoveva. Sempre addossato al muro che gli sporcava la spalla di gesso, teneva una mano nella tasca del cappotto e lo sguardo fisso su Maigret.

«Quanto?...».

Aveva davvero parlato? In quell'atmosfera inverosimile, il commissario non era stato per caso vittima di un'allucinazione?

Maigret trasalì e rovesciò una sedia sfondata, facendo un gran fracasso.

Van Damme era paonazzo. Eppure aveva perso il suo aspetto florido. In quella fisionomia tesa allo spasimo, in quello sguardo dove erano concentrate le sue ultime forze di resistenza, si leggeva il panico, o la disperazione, e al tempo stesso la rabbia, e la volontà di vivere e di trionfare a qualunque costo.

«Che cosa intende dire?».

E Maigret si avvicinò a un mucchio di schizzi spiegazzati che erano stati ammassati in un angolo, sotto la vetrata. Prima di sentire la risposta, ebbe il tempo di sparpagliare per terra degli studi di nudo: una ragazza dai tratti volgari, con i capelli in disordine, che aveva un corpo vigoroso, ben fatto, seni turgidi e fianchi larghi.

«Siamo ancora in tempo» diceva intanto Van Damme. «Cinquantamila?... Cento?...».

Il commissario gli gettò una strana occhiata e l'altro, in preda a un'eccitazione a stento trattenuta, rilanciò:

«Duecentomila!...».

La paura palpitava nell'aria, fra le pareti irregolari del tugurio. E aveva qualcosa di acre, di malsano, di morboso.

Forse c'era qualcosa di più della paura: una tentazione repressa, una vertigine omicida...

Maigret continuava, tuttavia, a passare in rassegna quei vecchi fogli, a ritrovare, in altri atteggiamenti, la medesima ragazza prosperosa, una che posando aveva sicuramente uno sguardo di sfida.

Una volta l'artista aveva cercato di avvolgerla nella tela indiana che ricopriva il divano... Un'altra volta l'aveva raffigurata con un paio di calze nere...

Dietro di lei si vedeva un teschio, quello che adesso giaceva ai piedi del divano. E Maigret si rammentò di aver visto quel macabro oggetto in un ritratto di Jef Lombard.

Un nesso cominciava a delinearsi, ancora confuso, fra le persone, fra gli avvenimenti, attraverso il tempo e lo spazio. Con gesto un po' febbrile il commissario spiegò un altro schizzo a carboncino che rappresentava un giovanotto con i capelli lunghi, il collo della camicia aperto sul petto e il mento ornato da una barba incipiente.

Anche lui aveva una posa romantica. Teneva il capo girato di tre quarti e sembrava guardare l'avvenire come un'aquila fissa il sole.

Era Jean Lecocq d'Arneville, il suicida del sordido albergo di Brema, il vagabondo che non aveva mangiato i suoi panini con i würstel.

«Duecentomila franchi!...».

E, rivelando malgrado tutto l'uomo d'affari che pensa ai minimi dettagli, alle fluttuazioni dei cambi valutari, la voce aggiunse:

«... franchi francesi!... Senta, commissario...».

Maigret intuiva che alle preghiere sarebbero subentrate le minacce, che lo spavento che vibrava in quella voce non avrebbe tardato a mutarsi in un rantolo di rabbia!

«... Siamo ancora in tempo... Non c'è nessun procedimento ufficiale in corso... Siamo in Belgio...».

Nella lanterna restava un mozzicone di candela e, sotto i fogli ammucchiati sul pavimento, il commissario scoprì un vecchio fornello a petrolio.

«Lei non è in missione ufficiale... E se anche fosse... Le chiedo un mese...».

«*Sicché il fatto è accaduto in dicembre*...».

Il suo interlocutore parve appiattirsi ancora di più contro il muro, e balbettò:

«Che intende dire?...».

«Adesso siamo in novembre... In febbraio saranno dieci anni che Klein si è impiccato... E lei mi chiede solo un mese...».

«Non capisco...».

«Sì che capisce!...».

Ed era inquietante vedere Maigret seguitare con la sinistra a smuovere i vecchi fogli – e i fogli scricchiolavano accartocciandosi! –, mentre la destra restava affondata nella tasca del cappotto.

«Ha capito benissimo, Van Damme! Se si trattasse della morte di Klein e se, per esempio, questi fosse stato assassinato, la prescrizione scatterebbe soltanto in febbraio, cioè dieci anni dopo... Ma lei mi chiede solo un mese... Dunque è in dicembre che è accaduto *il fatto*...».

«Lei non scoprirà niente...».

La voce tremava, come un fonografo rotto.

«Perché ha paura, allora?».

E Maigret sollevò la rete del letto sotto la quale non

c'era che polvere e una crosta di pane ammuffito, verdastra, appena riconoscibile.

«Duecentomila franchi... Potremmo stabilire di comune accordo che, in seguito...».

«Vuole che le dia un pugno in faccia?».

Fu così brutale, così inaspettato, che per un attimo Van Damme perse il controllo, abbozzò un gesto come per proteggersi e, così facendo, estrasse senza volere la rivoltella che teneva stretta nella mano affondata in tasca.

Se ne accorse, fu di nuovo colto per alcuni secondi dalla vertigine, ma forse esitò a sparare.

«La getti per terra!...».

Le dita si aprirono. La rivoltella cadde sul pavimento, accanto a un mucchio di trucioli.

Maigret voltò le spalle al nemico, continuando a curiosare in quell'incredibile congerie di oggetti bizzarri. Raccolse un calzino, gialliccio, venato anch'esso di muffa.

«Mi dica, Van Damme...».

Si girò perché subodorava che in quel silenzio c'era qualcosa di anormale. Vide l'uomo passarsi la mano sulle guance, dove le dita lasciarono un solco umido.

«Sta piangendo?...».

«Chi? Io?...».

Un «io» aggressivo, sardonico, disperato.

«In che arma ha fatto il servizio militare?...».

L'altro non capì. Ma era pronto a gettarsi su qualsiasi barlume di speranza.

«Ero alla Scuola Sottotenenti della Riserva, a Beverloo...».

«Fanteria?».

«Cavalleria...».

«In altre parole, a quell'epoca lei era alto fra il metro e sessantacinque e il metro e settanta... E pesava meno di settanta chili... Solo in seguito è ingrassato...».

Maigret spinse indietro una sedia che aveva urtato, raccolse ancora un pezzo di carta, verosimilmente il frammento di una lettera, che recava una sola riga: «Caro, vecchio ramo...».

Ma non smetteva di osservare Van Damme, che cercava di capire e che, avendo improvvisamente indovinato, sconvolto, con il viso disfatto, esclamò:

«Non sono io!... Giuro che non ho mai indossato quel vestito!...».

Col piede Maigret scaraventò la rivoltella all'altro capo della stanza.

Perché, in quell'attimo, rifece mentalmente il conto dei bambini? Un maschietto da Belloir! Tre bimbi in rue en Hors-Châteaux, dove l'ultima nata non aveva ancora gli occhi aperti! E il figlio del falso Louis Jeunet!

Per terra, si vedeva la bella ragazza nuda inarcare le reni in una sanguigna che non portava firma.

Sulla scala si sentirono dei passi esitanti. Una mano sfiorò la porta, in cerca dello spago che serviva da saliscendi.

9
LA CONFRATERNITA DELL'APOCALISSE

Nelle scene che seguirono ogni cosa ebbe peso: le parole, i silenzi, gli sguardi, persino i fremiti involontari dei muscoli. Tutto fu denso di significato, e dietro i personaggi si indovinava qualcosa di livido, qualcosa che aveva i contorni immateriali della paura.

La porta si aprì. Apparve Maurice Belloir: la sua prima occhiata fu per Van Damme, addossato al muro in un angolo, la seconda per la rivoltella che giaceva al suolo.

Gli bastò per capire. Soprattutto quando poi vide Maigret che, tranquillo, con la pipa in bocca, continuava a frugare tra i vecchi schizzi.

«Lombard sta arrivando!...» disse Belloir, senza che si riuscisse a capire se stesse rivolgendosi al commissario o all'amico. «Io ho preso una macchina...».

A Maigret bastarono queste parole per indovinare che il vicedirettore di banca aveva abbandonato la partita. Era appena percettibile. I tratti meno tesi. Un tono di stanchezza, di vergogna nella voce.

Si guardavano in faccia tutti e tre. Joseph Van Damme cominciò a dire:

«E Lombard, che cosa...?».

«È come pazzo... Ho tentato di calmarlo... Ma mi è sfuggito... Se n'è andato via parlando da solo, gesticolando...».

«Armato?» interrogò Maigret.

«Armato...».

E Maurice Belloir tendeva l'orecchio, con quella smorfia dolorosa delle persone troppo turbate che tentano invano di controllarsi.

«Eravate tutti e due in rue en Hors-Châteaux?... Aspettavate il risultato del mio colloquio con...?».

E additò Van Damme, mentre Belloir annuiva in segno di ammissione.

«E vi eravate accordati tutti e tre per propormi...?».

Non c'era bisogno di completare le frasi. Tutti capivano tutto al volo. Capivano perfino i silenzi, avevano l'impressione di sentire i pensieri degli altri.

D'un tratto si udirono dei passi precipitosi per le scale. Qualcuno inciampò, dovette cadere lungo disteso e cacciò un grugnito di rabbia. Un attimo dopo la porta veniva aperta da una pedata e nel vano si stagliò Jef Lombard, che rimase per un attimo immobile, a guardare i tre uomini con occhi spaventosamente fissi.

Tremava. Era in preda a una smania, forse a una sorta di follia.

Ogni cosa doveva danzargli davanti agli occhi: la sagoma di Belloir che si scostava da lui, il viso congestionato di Van Damme, e infine Maigret, con le sue larghe spalle, che non fiatava, non faceva un gesto.

E, come se non bastasse, tutto quell'incredibile ciarpame, i disegni sparsi per terra, la ragazza nuda di cui si vedevano solo i seni e il mento, la lanterna e il divano sfondato...

Tutta la scena si svolse in poche frazioni di secondo. All'estremità del braccio teso, Jef stringeva una pistola a tamburo.

Maigret lo osservava, calmo. E tuttavia un sospiro gli gonfiò il petto quando Jef Lombard gettò l'arma a terra, si prese la testa fra le mani e scoppiando in rauchi singhiozzi gemette:

«Non posso!... Non posso!... Mi capite?... Non posso, per Dio!».

E si appoggiò al muro con entrambe le braccia, mentre gli si vedevano sussultare le spalle e lo si sentiva tirar su col naso.

Il commissario andò a chiudere la porta, perché il rumore della pialla e della sega giungeva fin lì, insieme a un lontano schiamazzo infantile.

Jef Lombard si asciugò il viso con il fazzoletto, buttò indietro i capelli e si guardò intorno con gli occhi vuoti che si hanno dopo le crisi di nervi.

Non si era ancora del tutto calmato. Gli si contraevano le dita. Le narici palpitavano. Nel momento in cui cercò di parlare dovette mordersi il labbro per soffocare sul nascere un nuovo singhiozzo.

«... Per arrivare a questo risultato!...» articolò allora con una voce che l'ironia rendeva sorda, mordace.

Tentò di ridere, di un riso disperato.

«Nove anni!... Quasi dieci!... Sono rimasto solo, senza un soldo, senza un mestiere...».

Parlava per sé e probabilmente non si rendeva conto della durezza del proprio sguardo fisso su quello studio di nudo così realistico.

«Dieci anni di sforzi quotidiani, di delusioni, di difficoltà di ogni genere!... E malgrado ciò ho preso moglie... Ho voluto dei figli... Ho sgobbato come una bestia per dar loro una vita come si deve... Una casa!... E il laboratorio!... E tutto quanto!... Lei ha visto... Ma quello che non ha visto è lo sforzo che è costato costruire tutto questo... E i momenti di nausea... Le cambiali che all'inizio mi impedivano di dormire...».

Deglutì, si passò la mano sulla fronte. Il pomo d'Adamo gli andava su e giù.

«Ed eccomi qua!... Ho appena avuto una figlia...

Non l'ho nemmeno guardata!... Mia moglie, che è a letto, non capisce, mi scruta con aria spaventata perché non mi riconosce più... Gli operai mi fanno domande e io non so neppure che cosa rispondo...

«Finito!... In pochi giorni, di colpo!... Spazzato via, distrutto, annientato, ridotto in briciole!... Tutto!... Il lavoro di dieci anni!...

«E questo perché...».

Strinse i pugni, guardò l'arma che stava per terra, poi Maigret. Non ce la faceva più.

«Finiamola!» sospirò con un gesto di stanchezza. «Chi vuole parlare?... È talmente stupido...».

E pareva rivolgersi al teschio, al mucchio di vecchi schizzi, ai disegni stravaganti sulle pareti.

«Talmente stupido!...» ripeté.

Sembrava veramente che stesse per rimettersi a piangere. E invece no! Era come svuotato. La crisi era passata. Andò a sedersi sul bordo del divano, appoggiò i gomiti sulle ginocchia appuntite, mise il mento fra le mani e restò così, in attesa.

Si mosse solo per grattar via con l'unghia una macchia di fango dal bordo dei pantaloni.

«Disturbo?...».

La voce era allegra. Entrò il falegname, coperto di segatura, gettò uno sguardo ai muri ornati di disegni e scoppiò a ridere.

«Allora, siete tornati a rivedere l'ambiente?...».

Nessuno si muoveva. Belloir era il solo che cercasse di assumere un'aria naturale.

«Vi ricordate che mi dovete ancora i venti franchi dell'ultimo mese?... Oh, non è mica per reclamarli... Mi viene da ridere, perché quando siete andati via lasciando tutto questo vecchiume ricordo che avete dichiarato:

«"Può darsi pure che un giorno uno solo di questi schizzi valga quanto tutta la bicocca...".

«Io non ci credevo... Ma, insomma, ho esitato a imbiancare le pareti... Un giorno ho portato qui un corniciaio che vende anche quadri, e si è preso due o tre disegni... Mi ha dato cento soldi... Dipingete ancora?...».

Finalmente intuì che c'era qualcosa di anormale. Joseph Van Damme guardava ostinatamente il pavimento. Belloir faceva schioccare le dita per l'impazienza.

«Non è lei che si è stabilito in rue en Hors-Châteaux?» domandò ancora il falegname a Jef. «Ho un nipote che ha lavorato da lei... Uno alto, biondo...».

«Può darsi...» sospirò Lombard girando la testa da un'altra parte.

«Lei invece non la riconosco... Faceva parte della banda?...».

Ora il proprietario rivolgeva la parola a Maigret.

«No».

«Che tipi strani!... Mia moglie non voleva che affittassi loro la stanza, e anche dopo mi ha consigliato di buttarli fuori, soprattutto perché non pagavano tanto spesso... Ma io mi divertivo... Facevano a gara a chi portava il cappello più grande, o fumava la pipa di coccio più lunga... E passavano notti intere a cantare in coro e a bere!... A volte veniva qualche bella ragazza... A proposito, signor Lombard... Di quella lì che è per terra, sa che cosa ne è stato?...

«Ha sposato un ispettore del Grand Bazar e abita a duecento metri da qui... Ha un figlio che va a scuola con il mio...».

Lombard si alzò, si diresse verso la vetrata, poi tornò sui suoi passi, talmente agitato che l'uomo si decise a battere in ritirata.

«Disturbo, forse?... Vi lascio subito... E, sapete, se qui dentro ci sono cose che vi interessano... Si intende che non ho mai avuto l'idea di tenerle per via di quei venti franchi... Ho preso solo un paesaggio, per la mia sala da pranzo...».

Sul pianerottolo, stava forse per imbarcarsi in un altro discorso, ma dal basso lo chiamarono.

«C'è uno che cerca di lei, padrone!...».

«A presto, signori... Mi ha fatto piacere...».

La voce si affievolì, la porta era stata richiusa. Mentre l'uomo parlava, Maigret si era acceso la pipa. Le chiacchiere del falegname avevano portato malgrado tutto una certa distensione. E quando il commissario prese la parola indicando una scritta che circondava, sul muro, il più astruso dei disegni, Maurice Belloir rispose con voce quasi naturale.

La scritta diceva: «La Confraternita dell'Apocalisse».

«Era il nome del vostro gruppo?...».

«Sì... Adesso le spiego... È troppo tardi, vero?... Be', le nostre mogli e i nostri figli dovranno aver pazienza...».

Ma Jef Lombard lo interruppe:

«Voglio parlare io... Lasciami...».

E si mise a camminare in lungo e in largo per la stanza, puntando in certi momenti lo sguardo su questo o quell'oggetto, come per illustrare il racconto.

«Un po' più di dieci anni fa... Io frequentavo i corsi dell'Accademia di pittura... Portavo un cappellaccio e una cravatta a fiocco... Con me c'erano altri due... Gaston Janin, che faceva scultura, e poi il piccolo Klein... Eravamo fierissimi di passeggiare nel Carré... Eravamo artisti, no?... Ognuno di noi credeva che davanti gli si schiudesse, come minimo, l'avvenire di un Rembrandt...

«Tutto è cominciato stupidamente... Leggevamo molto, soprattutto autori romantici... Ci lasciavamo trasportare dall'entusiasmo... Per otto giorni andavamo pazzi per un certo scrittore... Poi lo rinnegavamo per adottarne un altro...

«Il piccolo Klein, la cui madre abitava ad Angleur, affittò lo studio in cui ci troviamo e prendemmo l'abitudine di riunirci qui... L'atmosfera, con tutto ciò che aveva di medioevale, ci impressionava, soprattutto nelle sere d'inverno... Cantavamo vecchie arie, recitavamo François Villon...

«Qualcuno, non so più chi, scoprì l'*Apocalisse*, ostinandosi poi a leggercene interi capitoli...

«Una sera, facemmo la conoscenza di alcuni studenti: Belloir, Lecocq d'Arneville, Van Damme e un certo Mortier, un ebreo il cui padre possiede ancora, non lontano da qui, un negozio di budella di maiale e di trippa...

«Andammo a bere... Poi li portammo nello studio... Il più vecchio di noi non aveva neanche ventidue anni...

«Eri tu, Van Damme, non è vero?...».

Parlare gli faceva bene. Il suo passo era diventato più regolare, la voce meno rauca ma, in seguito alla crisi di pianto, il viso restava chiazzato di rosso, le labbra tumefatte.

«Credo che l'idea sia venuta a me... Fondare una società, un gruppo!... Avevo letto dei racconti sulle società segrete che esistevano il secolo scorso nelle università tedesche. Un circolo che riunisse l'Arte e la Scienza!...».

Non poté trattenere una risata di scherno guardando le pareti.

«Perché noi ci riempivamo la bocca di quelle parole!... Ci gonfiavamo di orgoglio... Da una parte, c'eravamo noi tre aspiranti pittori, Klein, Janin e io... Eravamo l'Arte!... Dall'altra parte, gli studenti... Si beveva insieme... Moltissimo, si beveva!... Bevevamo per esaltarci di più... Usavamo luci soffuse, per rendere misteriosa l'atmosfera...

«Dormivamo qui dentro, sa... Chi sul divano, chi per terra... Fumavamo una pipa dopo l'altra... L'aria diventava irrespirabile...

«Allora cantavamo in coro... C'era quasi sempre uno che si sentiva male e che doveva andare a liberarsi in cortile...

«Tutto ciò accadeva alle due, alle tre del mattino!... Ci infervoravamo... Con l'aiuto del vino – un vinaccio a buon mercato che dava il voltastomaco! – ci lanciavamo verso il regno della metafisica...

«Rivedo ancora il piccolo Klein... Era il più nervoso... Non aveva una gran salute... Sua madre era povera e lui viveva con niente, per bere rinunciava a mangiare...

«Perché, quando avevamo bevuto, ci sentivamo tutti degli autentici geni!...

«Il gruppo degli studenti era un po' più assennato, perché era meno povero, a parte Lecocq d'Arneville... Belloir sgraffignava una bottiglia di borgogna d'annata o di liquore ai suoi genitori... Van Damme portava dei salumi...

«Eravamo convinti che per strada la gente ci guardasse con ammirazione mista a spavento... E ci siamo scelti un appellativo misterioso, roboante: la Confraternita dell'Apocalisse...

«Credo che nessuno di noi avesse letto l'*Apocalisse* per intero... Solo Klein, quando era ubriaco, ne recitava qualche passo a memoria...

«Avevamo deciso di pagare l'affitto del locale tutti insieme, ma Klein aveva diritto ad abitarci...

«Qualche ragazza accettava di venire a posare gratuitamente... Posare e il resto, s'intende!... E noi ne facevamo delle donnine alla Murger!... Con tutta la messinscena!

«Eccone una, lì per terra... Stupida come un'oca... Ciò non toglie che la dipingessimo con sembianze di madonna...

«Bere!... Era indispensabile... Bisognava a tutti i costi tirar su di tono l'atmosfera... Mi ricordo di Klein quando tentava di arrivare allo stesso risultato rovesciando sul divano un flacone di etere...

«E mi ricordo di tutti noi, che ci montavamo la testa, aspettando l'ebbrezza, le visioni!...

«Santo Dio!...».

Jef Lombard andò alla finestra e incollò la fronte al vetro appannato, poi tornò indietro con un nuovo tremito in gola.

«A forza di provocarci questo stato di sovreccitazione, finivamo per avere i nervi scoperti... Soprattutto i più malnutriti!... Capisce?... Il piccolo Klein, per esempio... Un ragazzo che non mangiava e si teneva su a furia di alcol...

«Naturalmente riscoprivamo il mondo! Avevamo le nostre idee su tutti i grandi problemi! Aborrivamo i "borghesi", la "società" e tutte le verità costituite...

«Appena bevevamo qualche bicchiere e il fumo rendeva opaca l'atmosfera, si intrecciavano le affermazioni più bislacche... Mescolavamo Nietzsche, Karl Marx, Mosè, Confucio e Gesù Cristo...

«Guardi, per farle un esempio... Qualcuno, non so più chi, aveva scoperto che il dolore non esiste, che è solo un'illusione del nostro cervello... E l'idea mi aveva talmente entusiasmato che una notte, mentre tutti facevano cerchio intorno a me e mi guardavano senza fiato, mi sono conficcato la punta di un temperino nel muscolo del braccio sforzandomi di sorridere...

«E ci sono stati altri episodi!... Ci sentivamo un'élite, un gruppetto di geni che il caso aveva riunito... Eravamo ben al di sopra del mondo convenzionale, delle leggi, dei pregiudizi...

«Un manipolo di dèi, capisce?... Che certe volte morivano di fame ma che giravano per le strade con aria superba, schiacciando i passanti sotto il loro disprezzo...

«E programmavamo l'avvenire: Lecocq d'Arneville sarebbe diventato un nuovo Tolstoj. Van Damme, che prosaicamente frequentava la Scuola superiore di studi commerciali, avrebbe rivoluzionato l'economia politica, ribaltando le idee costituite sull'organizzazione dell'umanità.

«Ognuno aveva il suo posto! C'erano i poeti, i pittori e i futuri capi di Stato...

«Tutto grazie all'alcol!... Ma nemmeno... Alla fine, avevamo talmente preso l'abitudine di eccitarci che appena eravamo qui, nella luce ben dosata della lanterna, con uno scheletro in penombra e il teschio che ci serviva da coppa comune, ognuno di noi si procurava da solo quel po' di esaltazione che desiderava...

«I più cauti vedevano già in futuro una targa marmorea sul muro della casa: "Qui usava riunirsi la celebre Confraternita dell'Apocalisse"...

«Era una gara a chi avrebbe prodotto la novità letteraria, l'idea sensazionale...

«È un caso se non siamo diventati anarchici! Perché la questione è stata discussa, con grande serietà... C'era stato un attentato, a Siviglia... L'articolo del giornale era stato letto ad alta voce...

«Qualcuno, non so più chi, ha esclamato:

«"Il vero genio è distruttore!"...

«E l'idea fu commentata per ore da quel pugno di ragazzini che eravamo. Esaminammo i possibili modi di fabbricare bombe. Ci chiedemmo che cosa sarebbe stato interessante far saltare in aria.

«Poi il piccolo Klein, che era al sesto o settimo bicchiere, si sentì male... Non come le altre volte... Una specie di crisi di nervi... Si rotolava per terra, e allora pensammo soltanto a che cosa ci sarebbe capitato se gli fosse accaduta una disgrazia.

«C'era anche quella ragazza!... Si chiamava Henriette... Piangeva...

«Ah, che notti erano quelle!... Ci facevamo un punto d'onore di uscire solo dopo che il lampionaio era passato a spegnere le luci, e allora ce ne andavamo rabbrividendo di freddo nell'alba livida.

«I ricchi rientravano in casa dalla finestra, dormivano, mangiavano, e questo rimediava alla bell'e meglio ai guasti della notte...

«Ma gli altri, Klein, Lecocq d'Arneville e io, ci trascinavamo per le strade sbocconcellando un panino, guardando con bramosia le vetrine...

«Quell'anno non avevo cappotto, perché mi ero voluto comprare un cappellaccio che costava centoventi franchi...

«Sostenevo che, come il resto, anche il freddo è un'illusione. E, forte delle nostre discussioni, dichiaravo a mio padre – una pasta d'uomo che faceva l'operaio armaiolo ed è morto pochi anni fa – che l'amore dei genitori è la forma meno nobile dell'egoismo e che il primo dovere del figlio è quello di rinnegare i suoi...

«Lui era vedovo. Usciva alle sei del mattino per recarsi al lavoro, quando io rientravo... Be', ha finito per andarsene via prima per non incontrarmi, perché i miei discorsi lo spaventavano... E mi lasciava dei messaggi sul tavolo... "Nella credenza c'è della carne fredda. Papà"...».

Per una manciata di secondi gli si incrinò la voce. Guardò Belloir, che si era seduto sul bordo di una sedia sfondata e fissava il pavimento, poi Van Damme, che stava sbriciolando un sigaro.

«Eravamo in sette» continuò Lombard con voce sorda. «Sette superuomini! Sette geni! Sette ragazzini!

«Janin, a Parigi, fa ancora lo scultore... O meglio, fabbrica manichini per una grande industria... E ogni tanto inganna la propria angoscia modellando il busto dell'amante in carica...

«Belloir è in banca... Van Damme negli affari... Io faccio il fotoincisore...».

Ci fu un silenzio impaurito. Jef deglutì e, mentre le ombre che gli cerchiavano gli occhi sembravano farsi più profonde, proseguì:

«Klein si è impiccato alla porta di una chiesa... Lecocq d'Arneville si è sparato una pallottola in bocca, a Brema...».

Nuovo silenzio. E questa volta Maurice Belloir, incapace di rimanere seduto, si alzò, esitò per un momento, poi andò a piazzarsi davanti alla vetrata, mentre dal suo petto si sentiva chiaramente uscire uno strano suono.

«E l'ultimo?...» disse Maigret. «Mortier, vero?... Il figlio del venditore di budella...».

Lo sguardo di Lombard si fissò su di lui, così febbrile che il commissario presagì una nuova crisi. Van Damme rovesciò una sedia.

«È stato in dicembre, no?...».

Maigret parlava e non perdeva neanche il minimo sussulto dei suoi tre compagni.

«Saranno dieci anni fra un mese... Fra un mese cadrà in prescrizione...».

Andò a raccogliere prima la rivoltella automatica di Joseph Van Damme, poi la pistola a tamburo che Jef aveva buttato per terra poco dopo l'arrivo.

Non si era ingannato. Lombard non resistette, si prese la testa fra le mani e singhiozzò:

«I miei figli!... I miei tre figli!...».

E, mostrando all'improvviso al commissario, senza pudore, le guance bagnate di lacrime, di nuovo frenetico, gridò:

«Per causa sua, sua e soltanto sua, non ho nemmeno guardato la piccola, l'ultima!... Non so nemmeno che aspetto abbia... Capisce?...».

10
UN NATALE IN RUE DU POT-AU-NOIR

Nel cielo dovette passare un'avvisaglia di temporale, una nuvola bassa e rapida, perché ogni riflesso di sole si spense di colpo. E, come se qualcuno avesse girato un interruttore, l'atmosfera divenne grigia, uniforme, mentre gli oggetti assumevano un aspetto imbronciato.

Maigret capì perché coloro che si riunivano in quella stanza sentissero il bisogno di usare la luce soffusa di una lanterna dai riflessi multicolori, di creare misteriose penombre, di ovattare l'aria con l'aiuto dell'alcol e del tabacco.

E poté immaginare come fossero i risvegli di Klein, il quale, all'indomani di quelle tristi orge, si ritrovava in mezzo alle bottiglie vuote, ai vetri rotti, in un odore di stantio, nella luce glauca che pioveva dalla vetrata senza tende.

Jef Lombard taceva, affranto, e fu Maurice Belloir a prendere la parola.

Un mutamento brusco, come se qualcuno li avesse trasportati su un altro piano. Nel fotoincisore l'emozione era tradita da un'agitazione di tutto l'essere, da contrazioni nervose, singhiozzi, sibili, andirivieni, con momenti di esaltazione che si alternavano a momenti di calma, e di cui si sarebbe potuto tracciare un grafico, come per una malattia.

Belloir era, dalla testa ai piedi, nella voce, nello sguardo, nei gesti, di una lucidità che feriva, perché – lo si intuiva – era il risultato di una concentrazione dolorosa.

Non avrebbe potuto piangere, lui! E neppure stirare le labbra! Ogni suo tratto era come raggelato!

«Lei permette che continui, commissario?... Fra poco scenderà la notte e non abbiamo niente per farci luce...».

Non era colpa sua se con quelle parole evocava un dettaglio materiale. E non era neppure mancanza di emozione. Era, anzi, il suo modo di manifestarla.

«Io credo che fossimo tutti sinceri in quelle nostre chiacchierate, in quelle nostre discussioni, in quei nostri sogni ad alta voce. Ma in quella sincerità c'erano gradi differenti.

«L'ha detto Jef... Da una parte c'erano i ricchi che, dopo, tornavano a casa loro e rimettevano piede in un'atmosfera di solidità economica... Van Damme, Willy Mortier e io... E anche Janin, a cui non mancava niente...

«A Willy Mortier, poi, bisogna assegnare un posto speciale... Un esempio, fra gli altri: era il solo a scegliere le sue amanti fra le professioniste dei locali notturni e le ballerine dei piccoli teatri... Poteva pagarle...

«Un ragazzo concreto... Come suo padre, che era arrivato a Liegi in bolletta e che, senza alcuna ripugnanza, aveva scelto il commercio delle budella, e ci si era arricchito...

«Willy riceveva dal padre un appannaggio mensile di cinquecento franchi. Per tutti noi era una cosa fantastica... Lui non metteva mai piede all'università, si faceva copiare le lezioni da qualche compagno povero e superava gli esami grazie a espedienti, a bustarelle...

«Se cominciò a venire qui fu solo per curiosità, perché fra lui e noi non c'è mai stata comunione di gusti, né di idee...

«Vede, suo padre, pur disprezzando gli artisti, ne comprava i quadri. Comprava anche qualche consigliere comunale, perfino qualche assessore, per ottenere certi favori. E li disprezzava...

«Ebbene, anche Willy ci disprezzava... E veniva qui per misurare la differenza tra sé – il ricco – e gli altri...

«Non beveva... Guardava con disgusto quelli fra noi che si ubriacavano... Durante le nostre interminabili discussioni, diceva a stento due o tre parole, che erano come una doccia fredda, quel genere di parole che feriscono perché sono troppo crude, e che facevano svanire tutta la falsa poesia che eravamo riusciti a creare...

«Lui ci detestava!... E noi detestavamo lui... Per giunta, era avaro... Cinicamente avaro. Klein non mangiava tutti i giorni... Capitava che l'uno o l'altro di noi lo aiutasse... Mortier invece dichiarava:

«"Non voglio che fra di noi ci siano questioni di denaro... Non voglio essere accettato perché sono ricco...".

«E quando, per andare a prendere da bere, ognuno raschiava il fondo delle proprie tasche, lui versava esattamente la sua parte!

«Era Lecocq d'Arneville a copiargli le lezioni... Ho sentito Willy rifiutargli un anticipo sul prezzo di questo lavoro...

«Lui era l'elemento estraneo, ostile, che si trova in quasi tutti i consorzi umani...

«Noi lo sopportavamo. Ma Klein, soprattutto quando era ubriaco, lo attaccava violentemente e tirava fuori tutto quello che aveva sullo stomaco... E l'altro, un po' pallido, con una smorfia sprezzante sulle labbra, stava ad ascoltare...

«Ho parlato di gradi diversi di sincerità... I più sinceri erano certamente Klein e Lecocq d'Arneville... Li univa un affetto fraterno... Avevano avuto entrambi un'infanzia difficile, accanto a una mamma povera... Entrambi miravano più in alto, e gli ostacoli insormontabili li esasperavano...

«Per frequentare i corsi serali dell'Accademia, Klein doveva lavorare di giorno come imbianchino... E ci confessava che quando lo mandavano in cima a una scala aveva le vertigini... Lecocq copiava qualche lezione e insegnava il francese a studenti stranieri... Veniva spesso a mangiare qui... Ci dev'essere ancora il fornello, da qualche parte...».

Il fornello era per terra, vicino al divano, e Jef, con aria lugubre, lo spinse col piede.

La voce opaca, inespressiva, di Maurice Belloir, che non aveva un solo capello impomatato fuori posto, riprese:

«In questi anni mi è capitato, a Reims, in qualche salotto borghese, di udire qualcuno chiedere per gioco:

«"In tale o talaltra circostanza, saresti capace di uccidere?".

«O anche fare la domanda del mandarino cinese, che lei conoscerà: "Se bastasse premere un pulsante elettrico per uccidere un ricchissimo mandarino nella regione più remota della Cina e diventarne l'erede, lo faresti?"...

«E anche qui, dove gli argomenti più inattesi erano pretesto per discussioni che duravano notti intere, doveva porsi prima o poi l'enigma della vita e della morte...

«Accadde un po' prima di Natale... Punto di partenza fu un fatto di cronaca pubblicato da un giornale... Aveva nevicato... Bisognava pure che le nostre idee fossero diverse da quelle normalmente accettate, non è vero?...

«Allora ci lasciammo entusiasmare da questo tema:

l'uomo non è che una muffa sulla crosta terrestre... Che importanza ha la sua vita o la sua morte?... La pietà è solo una malattia... Gli animali grossi mangiano quelli piccoli... Noi mangiamo gli animali grossi...

«Lombard le ha raccontato la storia del temperino... Quei colpi che si infliggeva per dimostrare che il dolore non esiste...

«Ebbene, quella notte, mentre per terra c'erano tre o quattro bottiglie vuote, discutemmo con grande serietà la questione se uccidere o meno qualcuno...

«Non ci trovavamo forse in una sfera puramente teorica dove tutto è permesso? Ci chiedevamo l'un l'altro:

«"Tu ne avresti il coraggio?...".

«E gli occhi brillavano, e brividi malsani ci correvano lungo la schiena...

«"Perché no?... Dal momento che la vita non è niente, solo un caso, una malattia cutanea della terra!...".

«"Uno sconosciuto che passasse per strada?...".

«E Klein, che era il più ubriaco, aveva gli occhi cerchiati e il colorito terreo, rispose:

«"Sì!...".

«Ci sentivamo in bilico sull'orlo di un abisso. Avevamo paura di fare un altro passo. Giocavamo con il fuoco, scherzando con quella morte che avevamo evocato e che adesso aveva tutta l'aria di aggirarsi in mezzo a noi...

«Qualcuno – credo fosse Van Damme –, che da piccolo aveva servito messa, cantò il *Libera nos* che il prete intona davanti al catafalco... Rispondemmo in coro... Sguazzavamo nel funereo...

«Quella notte però non uccidemmo nessuno! Alle quattro del mattino io rincasai scavalcando il muro. Alle otto bevevo il caffè insieme alla mia famiglia... Era solo un ricordo, capisce?... Come il ricordo di un dramma che a teatro ci ha fatto fremere...

«Klein invece restava qui, in rue du Pot-au-Noir... Continuava a rigirare quelle idee nella sua testa troppo grossa di ragazzo malaticcio... E quelle idee continuavano a roderlo... Nei giorni che seguirono, tradivano la sua angoscia certe domande a bruciapelo:

«"Credi veramente che sia difficile uccidere?...".

«Nessuno voleva tirarsi indietro... Non eravamo più ubriachi... Dicevamo senza convinzione:

«"Certo che no!...".

«Forse traevamo persino una gioia acre dalla febbre che divorava quel ragazzo... Non mi fraintenda! Non volevamo scatenare una tragedia!... Esploravamo il terreno fino al limite estremo...

«Quando c'è un incendio, gli spettatori si augurano, loro malgrado, che duri, che sia "un bell'incendio"... Quando le acque crescono, la gente che legge i giornali spera che arrivi "una bella inondazione", della quale si parlerà ancora fra vent'anni...

«*Qualcosa di interessante! Qualunque cosa!*

«E arrivò la notte di Natale... Tutti portarono qualche bottiglia... Si bevve, si cantò... E Klein, mezzo ubriaco, prendeva in disparte ora l'uno ora l'altro:

«"Credi che io sia capace di uccidere?...".

«Non ci preoccupammo. A mezzanotte, nessuno di noi era in sé. Si parlò di andare a prendere altre bottiglie.

«Fu allora che arrivò Willy Mortier, in smoking, con un grande sparato bianco che sembrava assorbire tutta la luce. Era roseo, profumato. Annunciò che veniva da un grande ricevimento mondano.

«"Va' a prendere da bere!..." gli gridò Klein.

«"Sei ubriaco, amico! Sono venuto solo per stringervi la mano...".

«"No, prego! Per guardarci!".

«Non potevamo ancora immaginare quello che sarebbe accaduto. Eppure Klein aveva una faccia più spaventosa che in occasione delle sue precedenti sbornie. Accanto all'altro era piccolo piccolo, magro magro. Aveva i capelli in disordine, la fronte grondante di sudore, la cravatta allentata.

«"Sei sbronzo da fare schifo, Klein!".

«"Be', lo schifoso ti dice di andare a prendere da bere...".

«Credo che in quel momento Willy abbia avuto paura. Sentì confusamente che nessuno rideva. Seguitò comunque a fare lo spavaldo...

«Aveva i capelli neri, arricciati, profumati...

«"Non si può proprio dire che siate allegri, qui!" osservò. "Ci si divertiva di più perfino da quei borghesi dove sono appena stato...".

«"Va' a prendere da bere...".

«E Klein gli girava intorno con occhi febbricitanti. C'erano alcuni che in un angolo discutevano non so più quale teoria di Kant. Un altro piangeva giurando di non essere degno di vivere...

«Nessuno era completamente in sé. Nessuno ha visto tutto... Klein che di colpo gli saltava addosso – un piccolo fascio di nervi tesi allo spasimo – e colpiva...

«Sembrava proprio che desse una testata contro lo sparato... Ma si vide sprizzare il sangue... Willy spalancò la bocca...».

«No!...» supplicò all'improvviso Jef Lombard, che si era alzato e guardava Belloir con espressione ebete.

Van Damme si era di nuovo addossato al muro, con le spalle di traverso.

Ma niente avrebbe potuto fermare Belloir, nemmeno la sua stessa volontà. Il giorno declinava. I volti sembravano grigi.

«Eravamo tutti in agitazione!...» riprese la voce. «E Klein, raccolto su se stesso, con un coltello in mano, guardava con occhi inebetiti Willy che barcollava... Cose del genere non accadono come si immagina la gente... Non so come spiegarlo...

«Mortier non cadeva... E tuttavia dal foro sul suo sparato il sangue sgorgava a fiotti... Sono sicuro che disse:

«"Schifosi!..".

«E restava in piedi allo stesso posto, con le gambe leggermente divaricate, come per mantenere l'equilibrio... Se non fosse stato per il sangue, avremmo creduto che fosse lui l'ubriaco...

«Mortier aveva occhi molto grandi... In quel momento sembravano ancora più grandi... La mano sinistra era aggrappata al bottone dello smoking... La destra tastava i pantaloni, dietro...

«Qualcuno urlava di spavento... Penso che fosse Jef... E poi si vide la mano destra di Mortier tirar fuori dalla tasca una rivoltella... Un piccolo oggetto, di acciaio, duro e nero...

«Klein si rotolava per terra, in preda a una crisi di nervi. Una bottiglia cadde, andando in mille pezzi...

«E Willy non moriva! Vacillava impercettibilmente! Ci guardava, uno dopo l'altro!... Doveva avere la vista annebbiata... Alzò la rivoltella...

«Allora si fece avanti qualcuno per strappargli di mano l'arma, scivolò nel sangue ed entrambi rotolarono sul pavimento...

«E costui deve aver sentito sussultare sotto di sé il corpo di Mortier: perché non moriva, capisce?... I suoi occhi, i suoi grandi occhi restavano aperti!...

«Cercava ancora di sparare!... Ripeté:

«"Schifosi!...".

«Forse la mano dell'altro lo strinse alla gola...

«In lui, comunque, non rimaneva ormai che un soffio di vita...

«Mi sono sporcato tutto, mentre lo smoking restava disteso per terra».

Adesso Van Damme e Jef Lombard guardavano con spavento il compagno. E Belloir concluse:

«La mano che si strinse attorno al collo era la mia!... L'uomo che scivolò nella pozza di sangue ero io...».

Non si trovava forse in piedi allo stesso posto di una volta? Ma adesso era lindo e inappuntabile, aveva scarpe immacolate e un vestito ben spazzolato!

Alla mano destra, bianca e curata, con le unghie perfette, portava un grosso anello d'oro.

«Siamo rimasti come istupiditi... Abbiamo messo a letto Klein, che voleva andare a costituirsi... Nessuno parlava... Non so come spiegarle... Eppure ero lucidissimo!... Gliel'ho detto: ci si fa un'idea sbagliata delle tragedie... Ho trascinato Van Damme sul pianerottolo e abbiamo parlato, a bassa voce, continuando a sentire le urla di Klein che si dibatteva...

«Quando, in tre, siamo passati per il vicolo portando il cadavere, il campanile della chiesa ha suonato l'ora, non saprei dire quale... La Mosa era in piena... C'erano cinquanta centimetri d'acqua sul quai Sainte-Barbe e la corrente era impetuosa... A monte come a valle le dighe erano aperte... A stento siamo riusciti a vedere una massa scura che passava davanti al lampione più vicino trascinata dalla corrente...

«Avevo il vestito macchiato, strappato... L'ho lasciato nello studio e Van Damme è andato a casa sua a prendermi degli indumenti puliti. L'indomani ai miei genitori ho raccontato una storia...».

«Vi siete riuniti ancora?» domandò lentamente Maigret.

«No... Abbiamo abbandonato rue du Pot-au-Noir precipitosamente... Con Klein è rimasto Lecocq d'Arneville... E da allora ci siamo sfuggiti, quasi di comune accordo... Quando ci incontravamo in città, giravamo la testa dall'altra parte...

«Il caso ha voluto che, grazie alla piena del fiume, il cadavere di Willy non venisse ritrovato... Lui aveva sempre evitato di parlare dei rapporti che aveva con noi... Non si vantava di essere nostro amico... Si è creduto a una fuga... Poi hanno indagato altrove, nei posti malfamati dove si pensava che avesse passato il resto della notte...

«Io sono stato il primo a lasciare Liegi, tre settimane dopo... Interruppi bruscamente gli studi dichiarando ai miei genitori che intendevo far carriera in Francia... Ho trovato un impiego in banca, a Parigi...

«Che Klein si fosse impiccato, nel febbraio successivo, alla porta della chiesa di Saint-Pholien, l'ho appreso dai giornali...

«Un giorno, a Parigi, ho incontrato Janin... Non abbiamo parlato della tragedia... Ma mi ha detto che anche lui si era stabilito in Francia...».

«Io sono rimasto a Liegi da solo...» disse Jef Lombard a testa bassa, con tono di rimprovero.

«E si è messo a disegnare impiccati e campanili!...» ribatté Maigret. «Poi ha fatto vignette per i giornali... Poi...».

E gli tornava in mente la casa di rue en Hors-Châteaux, le finestre a riquadri verdognoli, la fontana nel cortile, il ritratto di giovane donna, il laboratorio di fotoincisione, dove manifesti e pagine di giornali illustrati stavano a poco a poco invadendo le pareti ricoperte di impiccati...

E i bambini!... La terza, che era nata il giorno prima!

Non erano forse trascorsi dieci anni? E la vita, a poco a poco, non aveva forse ripreso il suo corso dappertutto, con esiti più o meno buoni?

Van Damme era approdato a Parigi, come gli altri due. Il caso lo aveva poi condotto in Germania. Aveva ereditato dai genitori e, a Brema, era diventato un importante uomo d'affari.

Maurice Belloir aveva fatto un buon matrimonio. Aveva risalito la scala sociale.

Vicedirettore di banca!... E la bella casa nuova di rue de Vesle... Il figlio che studiava il violino...

La sera giocava a biliardo con notabili come lui, nella confortevole sala del Café de Paris...

Janin si accontentava di compagne incontrate casualmente, si guadagnava la vita fabbricando manichini e, una volta terminato il lavoro, scolpiva il busto delle sue amanti...

Lecocq d'Arneville non si era forse sposato? Non aveva forse una moglie e un figlio nell'erboristeria di rue Picpus?...

Il padre di Willy Mortier seguitava a comprare, pulire e vendere budella a camionate, a vagonate, a corrompere consiglieri comunali e a rimpolpare il suo patrimonio.

La figlia aveva sposato un ufficiale di cavalleria e, poiché questi non si rassegnava a fare il commerciante, Mortier aveva rifiutato di versargli la dote prevista.

La coppia viveva da qualche parte, in una piccola città di guarnigione.

11
IL MOZZICONE DI CANDELA

Era quasi notte. I volti sfumavano nella penombra e i lineamenti apparivano ancora più scavati.

Fu Lombard a dire nervosamente, come se quel chiaroscuro gli scuotesse i nervi:

«Qualcuno faccia un po' di luce, diamine!...».

C'era ancora un mozzicone di candela nella lanterna che da dieci anni si trovava là, appesa allo stesso chiodo e conservata in pegno dal proprietario, che aspettava ancora il saldo dell'affitto, assieme a tutto il resto, il divano sfondato, lo scampolo di tela indiana, lo scheletro incompleto e lo schizzo della ragazza a seno nudo.

Maigret lo accese, e sulle pareti presero a danzare ombre che i vetri colorati screziavano di rosso, di giallo e di blu, come una lanterna magica.

«Quando è venuto a trovarla per la prima volta Lecocq d'Arneville?» domandò il commissario, rivolgendosi a Maurice Belloir.

«Dev'essere stato all'incirca tre anni fa... Non me l'aspettavo... La casa che lei ha visto era stata da poco ultimata... Mio figlio camminava appena...

«Sono rimasto colpito dalla sua somiglianza con

Klein... Una somiglianza non tanto fisica quanto morale!... La stessa smania divorante... La stessa morbosa eccitabilità...

«Si è presentato in modo ostile... Era esacerbato... o disperato... Non trovo la parola giusta...

«Rideva con aria beffarda, parlava in tono aspro... Finse di ammirare la mia casa, la mia posizione, la mia vita, il mio carattere... E io sentivo che era sul punto di scoppiare in singhiozzi, come succedeva a Klein quando era ubriaco!...

«Credeva che avessi dimenticato... Non era vero!... Io ho soltanto voluto vivere... Capisce? Ed è per vivere che ho lavorato come un negro...

«Lui non c'era riuscito... È vero che ha vissuto con Klein nei due mesi successivi alla notte di Natale... Noi ce n'eravamo andati... Loro sono rimasti qui, in questa stanza, in...

«Non so spiegarle che cosa ho provato davanti a Lecocq d'Arneville. A distanza di tanti anni, lo ritrovavo identico...

«Era come se la vita per alcuni avesse continuato a scorrere e per altri si fosse fermata...

«Mi ha detto che aveva cambiato nome, perché non voleva conservare niente che gli ricordasse la tragedia... Aveva persino cambiato vita!... Non aveva più aperto un libro...

«Si era messo in testa di crearsi una nuova esistenza diventando un lavoratore manuale...

«Tutto questo ho dovuto capirlo al volo, perché lui me lo gettava in faccia insieme a frasi ironiche, rimproveri, accuse mostruose...

«Era un fallito!... Tutto gli era andato male!... Una parte di lui rimaneva legata a questa stanza...

«Succedeva lo stesso anche a noi, credo... Ma con minor intensità... Non in modo così malsano, così doloroso!...

«Credo che, ancora più del viso di Willy, fosse quello di Klein a ossessionarlo...

«E, sposato, padre di un bambino, aveva delle crisi... Andava a bere... Era incapace non solo di essere felice, ma anche di conquistarsi una parvenza di pace...

«Mi ha gridato che adorava sua moglie e che l'aveva lasciata perché, quando le era accanto, si sentiva un ladro...

«Un ladro di felicità!... Della felicità rubata a Klein... E a quell'altro...

«Vede, da allora ho riflettuto molto... E ho l'impressione di aver capito... Noi giocavamo con idee terribili, con il misticismo, con la morbosità...

«Era solo un gioco... Un gioco da ragazzi... Ma da questo gioco almeno due di noi si sono lasciati prendere... I due più esaltati...

«Klein e Lecocq d'Arneville... Si era parlato di uccidere?... Klein ha voluto passare dalle parole ai fatti!... E si è ucciso a sua volta!... E Lecocq, terrorizzato, con i nervi a pezzi, si è trascinato dietro questo incubo per tutta la vita...

«Io e gli altri abbiamo tentato di fuggire, di riprendere contatto con la vita normale...

«Lecocq d'Arneville, invece, si è gettato a corpo morto nel proprio rimorso, in una disperazione selvaggia... Si è rovinato la vita!... E ha rovinato quella di sua moglie e di suo figlio!...

«E allora si è rivoltato contro di noi... Perché era questa la ragione per la quale era venuto a trovarmi... Io non l'ho capito subito...

«Ha guardato la *mia* casa, il *mio* matrimonio, la *mia* banca... E ho sentito benissimo che considerava suo dovere distruggerli...

«Per vendicare Klein!... Per vendicare se stesso!...

«Mi ha minacciato... Aveva conservato il vestito, con le macchie, gli strappi, e si trattava dell'unica prova materiale di quel che era avvenuto la notte di Natale...

«Mi ha chiesto denaro... Molto!... E in seguito me ne ha chiesto ancora...

«Non era forse quello il punto vulnerabile?... Su che cosa si fondava la nostra posizione – quella di

Van Damme, di Lombard, la mia, persino quella di Janin –, se non sul denaro?...

«È iniziato un nuovo incubo... Lecocq non si era sbagliato... Andava dall'uno all'altro, trascinandosi dietro quel lugubre vestito... Calcolava con diabolica esattezza le somme da chiedere, in modo da riuscire a crearci difficoltà economiche...

«Lei è venuto da me, commissario... Ebbene, la mia casa è ipotecata... Mia moglie crede che la sua dote si trovi in banca, intatta, e invece non ne resta più un centesimo... E ho commesso altre irregolarità!...

«È andato due volte a Brema a trovare Van Damme... È venuto a Liegi...

«Sempre esacerbato, accanito nel distruggere anche solo le parvenze della felicità...

«Eravamo in sei attorno al cadavere di Willy... Klein era morto... Lecocq viveva in un incubo continuo...

«E allora bisognava che fossimo tutti ugualmente infelici... Il denaro, nemmeno lo toccava!... Viveva poveramente come una volta, quando spartiva con Klein due soldi di sanguinaccio... Bruciava le banconote!...

«E ciascuna di quelle banconote bruciate rappresentava per noi difficoltà inaudite...

«Sono già tre anni che lottiamo, ciascuno nel suo angolo, Van Damme a Brema, Jef a Liegi, Janin a Parigi, io a Reims...

«Tre anni che osiamo a malapena scriverci e che Lecocq d'Arneville ci ributta nostro malgrado nell'atmosfera della Confraternita dell'Apocalisse.

«Io ho moglie... E anche Lombard... Abbiamo figli piccoli... E per loro abbiamo cercato di tener duro...

«L'altro giorno, Van Damme ci ha telegrafato che Lecocq si era ucciso e ci ha dato appuntamento a casa mia...

«C'eravamo tutti... È arrivato lei... Dopo che se ne è andato, siamo venuti a sapere che l'abito insanguinato era ormai in suo possesso e che lei si accaniva a seguire quella pista...».

«Chi mi ha rubato la valigia alla Gare du Nord?» domandò Maigret.

Fu Van Damme a rispondere:

«Janin!... Io ero arrivato prima di lei... Ero là, nascosto, su una delle banchine...».

Erano tutti stanchi. Il mozzicone di candela sarebbe durato ancora una decina di minuti, non di più. Inavvertitamente il commissario fece cadere il teschio, che parve rosicchiare il pavimento.

«Chi mi ha scritto all'Hôtel du Chemin-de-Fer?...».

«Io!» replicò Jef senza alzare la testa. «Per via della bambina!... La mia bambina che non ho ancora guardato... Van Damme si è insospettito... E anche Belloir!... Erano tutti e due al Café de la Bourse...».

«Ed è stato lei a sparare?...».

«Sì... Non ne potevo più... Volevo vivere!... Vivere... Con mia moglie, i miei bambini... Allora mi sono appostato fuori in attesa che lei uscisse... Ho in circolazione cambiali per cinquantamila franchi... Cinquantamila franchi di banconote che Lecocq d'Arneville ha bruciato!... Ma non fa niente!... Le pagherò... Farò tutto quello che occorrerà fare... Ma sentirci il suo fiato sul collo...».

Maigret cercò Van Damme con gli occhi.

«E lei si dava da fare per precedermi, per cercare di distruggere gli indizi?...».

Tacquero. La fiamma della candela vacillava. Jef Lombard era il solo a ricevere direttamente in faccia la luce filtrata da un vetro rosso della lanterna.

Allora, per la prima volta, a Belloir si incrinò la voce.

«Dieci anni fa, subito dopo l'... la cosa... l'avrei accettato» disse. «Avevo comprato una rivoltella, nel caso fossero venuti ad arrestarmi... Ma dieci anni di vita!... Dieci anni di sforzi... Di lotta!... Con elementi nuovi: moglie, figli... Credo che sarei stato capace anch'io di spingerla nella Marna!... O di sparare, di notte, all'uscita dal Café de la Bourse...

«Perché fra un mese, neanche, fra ventisei giorni, scatterà la prescrizione...».

Nel silenzio che seguì alle parole di Belloir, la candela ebbe un ultimo, improvviso guizzo e si spense. L'oscurità fu completa, assoluta.

Maigret non si mosse. Sapeva di avere Lombard alla sua sinistra, in piedi, Van Damme di fronte, appoggiato al muro, e Belloir alle spalle, a un passo da lui.

Rimase in attesa, senza nemmeno prendere la precauzione di mettere la mano nella tasca in cui si trovava la rivoltella.

Sentì distintamente che Belloir rabbrividiva dalla testa ai piedi, o piuttosto ansimava, prima di accendere un fiammifero e di dire:

«Se vuole che usciamo...».

Al chiarore della fiamma, le pupille sembravano più brillanti. Nel vano della porta, e poi sulle scale, i quattro uomini si sfiorarono. Van Damme cadde, perché aveva scordato che a partire dall'ottavo gradino mancava il corrimano.

Il laboratorio di falegnameria era chiuso. Attraverso le tende di una finestra videro una vecchia che sferruzzava, rischiarata da un piccolo lume a petrolio.

«È stato per di là?...» fece Maigret indicando la via dal selciato sconnesso che sboccava sul lungofiume, a cento metri da loro, all'angolo dove era fissato un lampione a gas.

«La Mosa arrivava alla terza casa» rispose Belloir. «Io dovetti entrare nell'acqua fino alle ginocchia per... perché la corrente lo trascinasse via...».

Si incamminarono nella direzione opposta, girarono intorno alla chiesa nuova che si ergeva al centro di un terrapieno non ancora ben consolidato.

Bruscamente si ritrovarono in piena città, con i passanti, i tram rossi e gialli, le auto, le vetrine.

Per arrivare in centro bisognava attraversare il Pont des Arches, dove la corrente del fiume investiva fragorosamente i piloni.

In rue en Hors-Châteaux, Jef Lombard doveva essere atteso: da basso, dagli operai, tra le bacinelle di acido e i cliché che i fattorini dei giornali venivano a reclamare; di sopra, dalla giovane mamma, assieme a quella buona vecchia della suocera e alla piccolina con gli occhi ancora chiusi, persa fra le lenzuola bianche del letto...

E dai due fratellini maggiori che qualcuno cercava di tener calmi, nella sala da pranzo adorna di impiccati...

Un'altra mamma, a Reims, stava forse impartendo una lezione di violino al figlio, mentre la domestica lustrava tutte le asticelle di ottone della scala e spolverava il vaso di porcellana che conteneva la grande pianta verde...

Nel palazzone moderno di Brema la giornata di lavoro volgeva al termine. La dattilografa e i due impiegati lasciavano il moderno ufficio e, spentasi la luce, l'ombra sommergeva le lettere di ceramica:

«Joseph Van Damme, rappresentanze, esportazioni».

Forse, nelle birrerie dove si suonava musica viennese, qualche uomo d'affari dal cranio rasato osservava:

«To', non c'è il francese...».

In rue Picpus, la signora Jeunet vendeva uno spazzolino da denti, o un etto di camomilla i cui fiori pallidi scricchiolavano nel sacchetto.

Nel retrobottega, il bambino faceva i compiti...

I quattro uomini camminavano. Si era alzata la brezza e aveva sgombrato la luna dalle nubi che solo di tanto in tanto ne velavano, per una manciata di secondi, lo splendore.

Avevano idea di dove stessero andando?

Passarono davanti a un caffè illuminato. Un ubriaco ne uscì barcollando.

«Mi aspettano a Parigi» disse a un tratto Maigret fermandosi.

E mentre tutti e tre continuavano a guardarlo senza sapere se dovevano rallegrarsi o disperarsi, senza avere il coraggio di parlare, il commissario affondò entrambe le mani nelle tasche.

«Ci sono cinque bambini, in questa storia...».

Non furono nemmeno sicuri di aver inteso bene, perché il commissario aveva borbottato quelle parole per se stesso, fra i denti. E ormai si vedeva solo la sua ampia schiena, il suo cappotto nero con il bavero di velluto che si allontanava.

«Uno in rue Picpus, tre in rue en Hors-Châteaux, uno a Reims...».

In rue Lepic, dove il commissario si recò uscendo dalla stazione, la portiera dichiarò:

«Non vale la pena che salga! Il signor Janin non è in casa... Si credeva che fosse una bronchite... Ma poi si è manifestata la polmonite e l'hanno portato all'ospedale...».

Allora si fece portare al quai des Orfèvres. Il brigadiere Lucas stava parlando al telefono con il gestore di un bar che non era in regola.

«Hai letto la mia lettera?...».

«È finita?... Ce l'ha fatta?».

«Nemmeno per idea!...».

Era uno dei modi di dire preferiti di Maigret.

«Hanno tagliato la corda?... Sa, mi sono preoccupato parecchio per quella lettera... Per un pelo non sono corso a Liegi... Di cosa si tratta?... Anarchici?... Falsari?... Una banda internazionale?...».

«Ragazzate!...» rispose Maigret con noncuranza.

E buttò nel proprio armadio la valigia che conteneva quello che un esperto tedesco aveva chiamato, nel contesto di lunghi e minuziosi rapporti, il «completo B».

«Vieni a bere una birra, Lucas...».

«Non ha l'aria molto allegra...».

«Ti sbagli, amico mio!... Non c'è niente di più divertente della vita!... Allora, vieni o no?...».

Poco dopo spingevano la porta girevole della Brasserie Dauphine.

Poche volte in vita sua Lucas rimase tanto sbalordito: il commissario ingollò, uno dopo l'altro, ben sei bicchierini di surrogato d'assenzio. Il che non gli impedì di dichiarare con voce quasi ferma, ma – cosa in lui del tutto insolita – con lo sguardo lievemente offuscato:

«Sai che ti dico, vecchio mio? Dieci casi come questo e do le dimissioni... Perché sarebbe la prova che lassù c'è un Dio galantuomo che si incarica di fare il poliziotto...».

Vero, però, che chiamando il cameriere aggiunse:

«Ma non preoccuparti!... Non ci saranno dieci casi come questo... Che si dice in centrale?».

gli Adelphi

ULTIMI VOLUMI PUBBLICATI

140. Georges Simenon, *I sotterranei del Majestic* (7ª ediz.)
141. Arthur Schopenhauer, *Parerga e paralipomena* (due voll.)
142. Cathleen Schine, *La lettera d'amore* (10^{a} ediz.)
143. J.-J. Langendorf, *Una sfida nel Kurdistan*
144. Alexandre Dumas, *La Sanfelice* (due voll.)
145. Georges Simenon, *L'uomo di Londra* (6^{a} ediz.)
146. *Jung parla* (2^{a} ediz.)
147. Georges Simenon, *L'ispettore Cadavre* (6^{a} ediz.)
148. Milan Kundera, *La lentezza* (8^{a} ediz.)
149. Max Stirner, *L'unico e la sua proprietà* (2^{a} ediz.)
150. Margarete Buber-Neumann, *Milena, l'amica di Kafka*
151. Eric Ambler, *Il caso Schirmer* (3^{a} ediz.)
152. James M. Cain, *Il postino suona sempre due volte* (2^{a} ediz.)
153. Varlam Šalamov, *I racconti della Kolyma* (3^{a} ediz.)
154. Georges Simenon, *Le vacanze di Maigret* (7^{a} ediz.)
155. Piero Meldini, *L'avvocata delle vertigini*
156. Benedetto Croce, *Storie e leggende napoletane* (3^{a} ediz.)
157. Georges Simenon, *Firmato Picpus* (5^{a} ediz.)
158. Thomas Bernhard, *Il soccombente* (2^{a} ediz.)
159. Roberto Calasso, *Ka* (2^{a} ediz.)
160. David Vogel, *Vita coniugale*
161. Georges Simenon, *Il mio amico Maigret* (5^{a} ediz.)
162. Leonardo Sciascia, *A ciascuno il suo* (6^{a} ediz.)
163. Bruce Chatwin, *Utz* (4^{a} ediz.)
164. Antonello Gerbi, *La disputa del Nuovo Mondo*
165. J.R. Ackerley, *Mio padre e io*
166. Serena Vitale, *Il bottone di Puškin* (2^{a} ediz.)
167. Georges Simenon, *Maigret a New York* (4^{a} ediz.)
168. David Garnett, *Aspetti dell'amore*
169. Charles Sprawson, *L'ombra del Massaggiatore Nero*
170. Eric Ambler, *La maschera di Dimitrios* (3^{a} ediz.)
171. Alberto Arbasino, *Fratelli d'Italia*
172. Milan Kundera, *I testamenti traditi* (4^{a} ediz.)
173. Georges Simenon, *Maigret e la vecchia signora* (4^{a} ediz.)
174. Frank McCourt, *Le ceneri di Angela* (9^{a} ediz.)
175. Georges Simenon, *Cécile è morta* (5^{a} ediz.)
176. Robert Byron, *La via per l'Oxiana* (2^{a} ediz.)
177. Andrzej Szczypiorski, *La bella signora Seidenman*
178. Georges Simenon, *I Pitard* (4^{a} ediz.)
179. Georges Simenon, *Il morto di Maigret* (4^{a} ediz.)
180. Luigi Luca Cavalli-Sforza · Paolo Menozzi · Alberto Piazza, *Storia e geografia dei geni umani*

181. Gustav Meyrink, *Il volto verde*
182. Roy Lewis, *Il più grande uomo scimmia del Pleistocene* (4ª ediz.)
183. Paul Leyhausen, *Il comportamento dei gatti*
184. Cathleen Schine, *Le disavventure di Margaret*
185. Etty Hillesum, *Lettere 1942-1943* (2ª ediz.)
186. Georges Simenon, *Maigret va dal coroner* (3ª ediz.)
187. Eric Ambler, *Epitaffio per una spia*
188. Muriel Spark, *Memento mori*
189. Eduard von Keyserling, *Principesse*
190. Oliver Sacks, *L'uomo che scambiò sua moglie per un cappello* (4ª ediz.)
191. Benedetta Craveri, *Madame du Deffand e il suo mondo*
192. Georges Simenon, *Félicie* (3ª ediz.)
193. Benedetto Croce, *Teoria e storia della storiografia*
194. Alfred Kubin, *L'altra parte*
195. Elias Canetti, *Auto da fé* (2ª ediz.)
196. Georges Simenon, *La prima inchiesta di Maigret* (3ª ediz.)
197. Georges Simenon, *La verità su Bébé Donge* (2ª ediz.)
198. Milan Kundera, *L'identità* (2ª ediz.)
199. Tommaso Landolfi, *Le più belle pagine*
200. Georges Simenon, *Maigret al Picratt's* (3ª ediz.)
201. Christopher Marlowe, *Teatro completo*
202. Patrick McGrath, *Il morbo di Haggard*
203. Leonardo Sciascia, *Il giorno della civetta* (4ª ediz.)
204. Anne Fine, *Lo diciamo a Liddy?*
205. Georges Simenon, *Le finestre di fronte* (2ª ediz.)
206. Eric Ambler, *Il processo Deltchev*
207. Georges Simenon, *Le memorie di Maigret* (3ª ediz.)
208. Norman O. Brown, *La vita contro la morte*
209. Knut Hamsun, *Fame*
210. Ann-Marie MacDonald, *Chiedi perdono*
211. Giuseppe Ferrandino, *Pericle il Nero*
212. Georges Simenon, *La furia di Maigret* (3ª ediz.)
213. James Hillman, *Anima*
214. Georges Simenon, *Maigret e l'affittacamere* (2ª ediz.)
215. Alberto Arbasino, *La bella di Lodi*
216. Georges Simenon, *Pioggia nera* (2ª ediz.)
217. Alexandre Dumas, *Georges*
218. Georges Simenon, *L'amica della signora Maigret* (2ª ediz.)
219. Bruce Chatwin, *In Patagonia*
220. Aristotele, *Organon*
221. Leonardo Sciascia, *Todo modo*
222. Georges Simenon, *Maigret e la Stangona*

Le inchieste di Maigret

VOLUMI PUBBLICATI

Pietr il Lettone
L'impiccato di Saint-Pholien
La ballerina del Gai-Moulin
Il defunto signor Gallet
Il porto delle nebbie
Il cane giallo
Il pazzo di Bergerac
Una testa in gioco
La balera da due soldi
Un delitto in Olanda
Il Crocevia delle Tre Vedove
Il caso Saint-Fiacre
La casa dei fiamminghi
Liberty Bar
L'ombra cinese
Il cavallante della «Providence»
All'Insegna di Terranova
La chiusa n. 1
La casa del giudice
Maigret
I sotterranei del Majestic
L'ispettore Cadavre
Le vacanze di Maigret
Firmato Picpus
Il mio amico Maigret
Maigret a New York
Maigret e la vecchia signora
Cécile è morta
Il morto di Maigret
Maigret va dal coroner
Félicie
La prima inchiesta di Maigret
Maigret al Picratt's
Le memorie di Maigret
La furia di Maigret
Maigret e l'affittacamere
L'amica della signora Maigret
Maigret e la Stangona

FINITO DI STAMPARE NEL FEBBRAIO 2003
DALLA TECHNO MEDIA REFERENCE S.R.L. - MILANO

Printed in Italy

gli Adelphi
Periodico mensile: N. 55/1993
Registr. Trib. di Milano N. 284 del 17.4.1989
Direttore responsabile: Roberto Calasso